尋寶女仙我最行!!
芙蓉仙傳
竹某人◎著
MO子◎繪
U0065595

芙蓉

因天地靈氣而生的崑崙女仙，受眾神寵愛。
她個性活潑愛撒嬌，最愛煉丹製藥養靈參，但總是不斷出包、損毀公物，導致負債累累，最後被逼著下凡，以歷練之名工作抵債。
幫助李崇禮渡劫之後，芙蓉除了繼續種人參還債，還接了兼差工作，卻沒想到因此惹上一個大麻煩……

敖瀟

仙界水域水晶宮的六皇子，喜好賺錢和花錢享受，身上時刻流露著高貴的上位者氣質，行事更多的是高傲和霸道，對看不上眼的人連名字都不會記住。
此次因公下凡，遇上前來執行任務的芙蓉，看著芙蓉吃癟，他挺樂在其中；然而，芙蓉硬是不肯稱他一聲大哥，讓他頗為介意。

哪吒

在凡間也是響噹噹的仙人，現在是天宮數一數二行事小心謹慎、待人恭謹有禮的模範天將，並兼雷震子的好友與專業善後人員。
因臉頰上留有一個蓮花圖騰的反骨表現，總是被生父李天王碎唸個不停，最討厭被李老頭威脅關小黑屋。
他是少數從芙蓉小時候就已經冠上哥哥稱謂的仙人。

雷震子

仙界天宮有名的天將之一，個性大而化之，總是揚著欠揍的笑容，以眾人頭號沙包及理財不善而廣為人知。
因為是旱鴨子，出任務時向水晶宮借了一顆避水珠，但偏偏在行進中弄丟了，結果任務無法完成，正在想辦法把失物找回來，以免要負擔大筆的賠償費。

歲泫

凡人。山中道觀老道士的養子，自小習慣了貧窮的生活，個性十分開朗單純，安於天命，在曲漩城外的山上過著自給自足的修道生活。
雖然生活清貧，但是很有骨氣，絕對不做占人便宜的事。自從遇見芙蓉和潼兒後，更是期許自己要努力修道以成仙。

浮碧

凡間曲漩城郊湖泊的龍王，是該區域司職雨水的仙人，同為敖氏一族的成員。
給人感覺斯文、穩重，是個有著謀士味道的武將。
因為他沒有在固定的時間向水晶宮聯絡，被發現下落不明。他和水晶宮六殿下敖瀟是至交，但兩人再相見時，敖瀟卻因他的態度而暴走……

仙界東方蓬萊仙島的主人，居於東華臺，統率紫府以及所有男仙，他的上司是玉皇，並與地府主事者東嶽帝君有深厚的關係。沒人能從他淡然的微笑下知道他在想什麼，興趣是無聲的出現在熱鬧場合中，觀看旁人發現他時的反應。對待芙蓉，似乎帶點莫名情感。

原是東華臺服侍東王公的仙童，未來紫府的後補勞動力，目前被派到芙蓉身邊，處於侍童、玩伴、出氣筒、好姐妹等等的角色。

本以為芙蓉下凡後他能有一段平安日子，但事與願違的被東王公派了下凡，開始他欲哭無淚的凡間生活。

修行達千年的九尾狐，外貌姣好妖媚，由於某種原因，長居於後宮賢妃的宮殿中，且十分用心的保護賢妃及李崇禮的安全，在仙界及地府有不錯的人脈。

他毫不排斥化形為女人，似乎還很樂在其中，時常把後宮的宮門情節當戲看，有時會作弄看不順眼的後宮妃子。目前喜歡上逗弄芙蓉和調戲潼兒。

當朝的五皇子，封寧王，卻對皇位沒有執念。他是宮中發生詛咒事件的受害人之一，因前世積善積德，今世應該享福一世安穩，故助他渡劫被九天玄女說成是簡單任務。與東王公的樣貌相似。對於芙蓉，則是有說不出口的慕戀。

書香世家子弟，有功名在身卻拒絕入仕，待在寧王府輔助好友李崇禮。標準的讀書人，非禮勿視、非禮勿聽的功夫練得爐火純青。把潼兒當妹妹看待，但態度上卻讓芙蓉不得不想歪。

目錄

芙蓉仙傳 尋寶女仙我最行!!

第一章
新一季，就從賺外快開始～ 007

第二章
糟糕我們曝光了！ 023

第三章
你你你叫誰仙姑啊？！ 039

第四章
那個吝嗇鬼家族…… 055

第五章
摸黑、夜襲！ 073

第六章
水晶宮六殿下賺出差費？ 091

第七章
天下沒有白吃的早餐…… 109

第八章
大事大事……啥事？ 127

第九章
雞皮疙瘩已經冒很多次了呀！ 143

第十章
龍王的頭上到底有沒有角？ 163

第十一章
天上玉皇的煩惱…… 181

第十二章
什麼！你要逛花街？！ 201

第十三章
有人偷窺？ 217

第十四章
失憶的龍王…… 235

番外一
我的妹妹真的好可愛 259

番外二
仲秋 275

第一章

新一季，就從賺外快開始～

王府花園的松樹現在帶著一絲綠意。隆冬已過，京城褪去一片銀白的雪景，萬籟俱寂的深冬慢慢離去，春天的步伐悄悄到來。

寧王府，五皇子寧王李崇禮的書房中——

一向在晚膳過後，這裡都會點起燈，讓書房主人在睡前看書。但今天書房卻意外的不停傳出劈啪啪的聲音，把屬於晚上的寧靜打破。

屬於少女的嬌小身影不時在燭光前走過，在窗上投影出一個拉長了的影子，她在房間裡左踱右踱，腳步聲強烈反應出她心裡的不安。

突然，窗上多了一個站起身的男性剪影，他伸手拉住了少女。

「別再走來走去了！」

在男子拉住少女手臂的一瞬間，少女轉回身，兩個人就在燭光前拉拉扯扯了起來。

「你放開我啦！」

「我就偏不放！」

兩人交換著帶有輕微歧義的對話，少女奮力的掙扎反而令男子更氣上心頭般，動手把她往一邊拖了去。

映在窗上的影子消失了，主人公來到了書房的角落。少女泫然欲泣的被拖到一邊，看向男子的目光委屈極了。而抓住少女的男子，額角則是青筋若隱若現，這畫面令人直覺這裡很快就會發生家暴了。

「妳有空像隻蒼蠅般的繞圈子走來走去，為什麼不去打算盤？那些帳本都是妳的吧？李崇禮好歹是個王爺，妳到底把他當作什麼了？」

「才沒有把他當什麼啦！我算術不好，是李崇禮主動說要幫我的！」芙蓉立即反駁，但說完又心虛的別開視線不敢正眼看向塗山。

正在俯視著芙蓉的塗山，一雙眼中滿是審視，嘴邊已經開始勾起暴怒邊緣的抓狂笑容了。

芙蓉很心虛。雖說她的算術的確不好，但還沒差到必須讓別人幫她算帳的地步，李崇禮也是主動幫她，但她多少還是有些不好意思的。

李崇禮和潼兒兩人已經算了大半天的帳，除了用膳和塗山強制的休息時間外，他們兩人不停的打著算盤，忙得比王府帳房更甚。本來他們只不過是整理一下芙蓉那些負債記錄的帳本，計算一下目前的任務完成度，以及拿去換仙石的人參、靈芝可以抵銷多少債項而已，但李崇禮和潼兒卻為此忙了一整天。

沒錯，他們就是忙碌了一整天，這正是讓塗山抓狂的原因。

除了天天灌那些芙蓉特製的加強版湯藥之外，目前已經打算長居王府擔當李崇禮半個監護人的塗山，正努力灌輸李崇禮養生秘訣。

什麼事都應該從生活作息開始！早睡早起身體好，李崇禮的底子雖然不佳，但遇上芙蓉後，經常一根根活跳跳的靈參餵下去，情況好轉了很多，同時也少了朝廷中的煩惱，精神和身體有了明顯的起色，於是更加強了塗山要把李崇禮養得肥肥白白的決心。

對此，芙蓉曾批評這簡直像是狐狸精要把雞先養肥再吃一樣，結果被塗山狠狠教訓了一頓。

面對塗山一臉的不滿，芙蓉發誓就算被雷公劈也行，她真的沒想過這些帳本會害李崇禮忙上一整天的！

問題的來源不是出自東王公提供的帳本，仙界指派給芙蓉的任務一旦完成便會自動記錄，不用擔心漏記，而他們如此的忙碌，完全是為了計算芙蓉賣人參換來的仙石到底能抵多少債務。

芙蓉的人參在仙界很有市場，一開始時換走幾根已經給了她不少進帳，那一大筆錢，讓芙蓉這個下凡後荷包有出沒入的小女仙心花怒放了一下。

現在天尊不肯送煉丹爐給芙蓉玩，在凡間想要仙草靈藥，除了去深山尋找之外，就只剩下用仙石跟其他仙人交換一途，試問負債累累的她哪會有錢？

既然沒錢，那她就只能先節流，再開源了。

活跳跳的人參和嗷嗷待哺的靈芝，雖然級別和仙界土生土長的仙草有一點距離，但說不定帶回仙界再養一養就能升級的嘛！這個可能性也是一個大賣點，芙蓉就是打著這如意算盤，想著如果能換一堆仙石來填補債務，還債任務就能加快完成了，然後剩下的錢就可以給自己添置新丹爐等等用具了。

「塗山，我不累。」打著算盤的李崇禮沒抬起頭。作為王府主人，所有大小事務自有下人打理，算盤這東西他也很久沒碰過了，現在用的這一個還是芙蓉從王府帳房摸來的。

「早說找歐陽子穆來算就好，你就是要親自做。」塗山皺著眉頭，他覺得與其讓李崇禮這生手做，不如找歐陽子穆更好，看李崇禮眉頭都皺了一天，想來事情應該不好辦吧？再說算那幾本帳，怎麼會花了大半天還處理不完？

「很難跟他說明帳本內容吧？」芙蓉不是沒想過拖歐陽子穆這寶貴戰力下水，但一想到要解釋帳本內容就得先表明自己的身分，實在太麻煩了。

「等他做完，我再讓他忘掉不就一乾二淨了嗎？」塗山臭著一張臉想著算計別人的方法，大不了就是用暴力和脅迫的手段讓歐陽子穆就範，事後一個小法術就可以把罪行掩飾，多方便！

話雖如此，但塗山始終沒有這樣做，其實他也沒有立場批評芙蓉幫不上忙，因為他和芙蓉一樣都是幫不上忙的閒人。論修行、實戰能力或是人生經驗各方面，塗山無疑是書房內四人當中排行第一，可一旦牽扯算術問題，他就掉級到和芙蓉差不多的程度。對此，塗山十分鬱悶。

「塗山絕對不可以這樣對歐陽大人！」

潼兒第一時間為不在場的歐陽子穆抱不平，雖然潼兒也認為他們的身分越少人知道越好，但歐陽子穆老是被排除在外很可憐，好幾次潼兒都想坦白了。可惜芙蓉和塗山總會第一時間跳出來阻止，然後七嘴八舌的跟他分析坦白真相絕對弊多於利，最後更危言聳聽的扯上歐陽子穆的安危。他們說得這麼可怕，潼兒更不敢說了。

只是潼兒不知道芙蓉和塗山阻止的真正理由。

在歐陽子穆認為潼兒是小丫頭還如此疼惜的情況下告訴他真相？芙蓉是不怕自己和塗山這隻狐狸精曝光，但讓歐陽子穆知道潼兒是仙童好嗎？萬一歐陽子穆生潼兒的氣，潼兒受得了嗎？

「潼兒這小子最近是翅膀變得硬，連我也敢頂嘴了！」

雖然回話的是潼兒，但塗山卻向芙蓉擺出咬牙切齒的後娘臉，把帳算到芙蓉頭上去了。

「你瞪我也是沒用的，我也是沒冰糖葫蘆吃的分。」芙蓉嘟著嘴。提起這冰糖葫蘆，她是羨慕又妒忌呀！不知什麼時候開始，每次歐陽子穆出府辦事一定會給潼兒帶好吃的，但卻沒有她的分。

「誰在說冰糖葫蘆的事了？」塗山沒好氣的白了芙蓉一眼。

「終於算好了！」

案桌那邊的算盤聲驀然停下，痛苦中帶著一絲喜悅的呼聲宣布一天的辛苦總算結束，芙蓉和塗山立即湊到書桌，看到上頭原本凌亂的單子已經整理得井井有條。

「怎樣怎樣？有多少盈餘？」芙蓉交握在胸前的手都緊張得抖了，一雙大眼睛帶著希冀看著李崇禮和潼兒，盼望從他們口中聽到好消息。

「赤字。」

「什……什麼？」芙蓉震驚的瞪大眼睛，聲音顫抖著還大受打擊的退了兩大步，只差一點她就要表演軟倒在地畫圈圈了。不過在這此之前，她要先弄清楚為什麼會變成赤字。

「妳不是拿很多怪植物去換仙石嗎？怎麼還是赤字？」塗山本來是想幸災樂禍一下，但見她已經這麼慘，再落井下石也不太人道，但為什麼會出現這種結果？那些咬人的靈芝難道賣不到錢嗎？

「我已經複算過兩次，都是同樣的結果。」李崇禮抱歉的說。要是凡間的金銀財寶有用，他一定會為芙蓉張羅，可惜仙界通行的那種仙石凡間沒有出產，就算他有辦法搬空皇宮的寶庫也沒用。

「為什麼！」芙蓉雙手撐在桌子上低著頭欲哭無淚，她萬萬沒想到結果竟然會是赤字！她賣人參靈芝的仙石跑哪去了？為什麼連半顆仙石都沒剩下？

「芙蓉，我找到一堆妳向其他仙人買材料的單子。」潼兒揚了揚手上的一小疊單子，上面寫的很隨便，有些字體潦草得差點無法辨認出寫了什麼，經過李崇禮和潼兒一番努力才弄清楚內容，而且發現九成都是支出。

「我只買了一點點呀！」芙蓉冤枉的叫著。

「仙界的天材地寶都很珍貴，芙蓉妳是吃飯不知米貴吧？到底有沒有先搞清楚價錢？」塗山八卦的拿了單子一看，上頭寫著的物品雖未到最珍貴的程度，但價格也讓他不得不咋舌一下。

太貴了吧？

「那是雷震子大哥幫我買的……」

「這就是妳和他合謀的外快事業嗎？」見芙蓉點頭，潼兒總算知道問題的癥結所在了，原來有兩個算術笨蛋悄悄聯手合作了！

「芙蓉，我想說，雷震子大人不靠譜的事跡好像早出了名的吧？雖然他不是壞人，但你們合作前就不能先說一聲嗎？」

「我哪想到會這樣！難不成雷震子大哥騙了我！」

芙蓉的震驚來到了一個全新的高度，她不可置信的看著潼兒整理出來的那一疊單子，不敢相信對她一向親厚、經常一起打鬧的雷震子竟然會騙她！

赤字這兩個字的含意，不只是說她半顆仙石都拿不到，更說明她應該又有一筆新增的負債了。

她可憐的模樣令李崇禮看得實在不忍，上前輕聲哄著陷入失落狀態的芙蓉到一邊的椅子坐下，堂堂王爺還親自遞茶水了。

「芙蓉，妳誤會了，雷震子大人大概沒跟賣材料的仙人議價吧？不然，我想應該能拿到不少的折扣。」潼兒無奈的說。雖說那些靈芝人參都是無本生意，原材料是在李崇禮王府的庫房拿的，但他知道芙蓉真的花了很多心血培育那些小東西，滿心歡喜的以為即使不夠還債也好，卻總夠她還一些吧？

「欸！」芙蓉叫了一聲，以前她拿來用的東西基本上是開口就有，怎知道買材料什麼的還要議價打折？是說，她都不知道仙人之間交易還能有打折這回事！

「芙蓉……難道妳不知道雷震子大人是出了名的理財不善？他買東西從來不理價錢，花錢如流水，是仙界著名的冤大頭。所以他除了天將的任務外，還經常接不同的外快任務，不然就活不下去了。」現在芙蓉跟著間接成為冤大頭，潼兒覺得自己也有一點責任，為什麼自己沒有察覺芙蓉和雷震子一直在秘密的做這種事呢？

「所託非人，芙蓉妳偷雞不著蝕把米了！」雖然芙蓉很慘，但塗山就是忍不住要損她幾句。他認為如果她還有氣力反駁他的話，表示還有救，她還沒消沉到谷底。

「這也是經驗，芙蓉妳不用太傷心。」李崇禮坐在芙蓉身邊，伸手想要拍拍她的肩膀，卻又有點猶豫，結果他想動手時，塗山已經搶先大力拍了拍芙蓉的肩膀，力度之大還差點把芙蓉從椅子上拍了出去。

「李崇禮這句安慰攻擊力真大。」塗山開著李崇禮的玩笑，他故意搶在李崇禮之前把氣氛打破，不然事情只會變得更糟。

「我不是那個意思……」李崇禮急著想解釋，被塗山這樣一說，他才察覺到自己剛才那句話的確起不到安慰的作用。這刻，李崇禮有些埋怨自己不善言詞。

心情太灰暗，芙蓉很沒儀態的把腳都縮在椅子上抱膝縮成一團。書房內的燭光獨獨正好沒照到芙蓉身上，形成一個灰暗的角落。

「我知道節流很重要……但我也只不過是想開源而已……」

芙蓉嘀嘀咕咕的唸唸有詞，大家都知道她不開心，也由著她發洩一下了。

當一個人遇上生意失敗時，到底會想些什麼呢？芙蓉若有所思的偷偷瞄了瞄其餘三人，猜測著他們會有什麼答案。

若是塗山，他一定會認為失去了的再從別人手上賺回來就可以了，他有的是辦法。

而李崇禮雖沒有從商的經驗，但只要他不謀反，一輩子榮耀富貴錦衣玉食不會斷，根本沒必要擔心生意失敗與否。

至於潼兒，陷於這樣的絕境，他應該會展現出賣身還債的決心吧？雖然不知道仙童值不值錢，她要記得別讓他欠下歐陽子穆太多人情債才是。

芙蓉嘆了口氣，她從來不愛想太複雜的事情，所以很快就放棄了煩惱。仙石沒賺到、欠了新債務不算什麼，反正本來就欠很多了；帳本變厚也無所謂，用來墊鍋子就剛剛好。只是她心裡有氣，氣自己所託非人。

已經沮喪完畢的芙蓉重新打起精神，雙目變得炯炯有神，更充滿殺氣般霸佔了李崇禮的書桌，信紙一攤揮筆疾書了一封又一封的投訴信，收信人自然是害她生意失敗的雷震子。

「其實哪吒大人不是一開始就來信說別理會雷震子大人嗎？」潼兒記得哪吒大人不只一次寫信給芙蓉，大多是叫芙蓉別和雷震子大人混在一起亂來，而且他也順便向潼兒交代了幾句。

可惜事情還是發生了。

「三哥哥哪一次不是這樣說的嘛！」

潼兒無言的看著芙蓉鼓著腮寫信。這算是狼來了嗎？因為哪吒大人每次看到雷震子大人劈頭就是教訓，習慣了的芙蓉已經不把哪吒大人說的當成一回事。

雷震子和哪吒兩人的確是好朋友，但經常鬧狀況的雷震子大人是哪吒大人的活沙包，也是流傳已久的天宮軼聞之一呀！

※　※　※

事隔兩天，當芙蓉還在努力想有什麼方法能解決赤字時，一封來自仙界的回信正好送到。

信件以非常潦草的字體寫成，除了看出寫信人在趕時間的同時，也反應出寫信人創下了新派草書的抽象風格。但這封光是字體便足以讓人退避三舍的信，卻讓芙蓉看得雙眼閃閃生光。

像發生了什麼好事似的芙蓉，抓著信從偏屋裡跑了出來，很快就遇上因為被她鳩佔鵲巢而在花園涼亭納涼的塗山。

現在天氣雖已漸暖，塗山作為一隻滿身毛皮的狐狸自然不用操心保暖問題，但衣著沒有季節感的塗山在花園中迎風納涼，看著實在讓人感覺彆扭。

「塗山，有看到潼兒嗎？」芙蓉朝塗山喊了一聲。

感覺是在發呆的塗山懶洋洋的轉過頭來，先送上一個大大的呵欠。「這個時間他應該和歐陽子穆在討論李崇禮的行事安排吧？大概待在書房那邊吧？」

「那我去找他！」

「妳打算去跟潼兒搶冰糖葫蘆嗎？」塗山提醒了一下，今天是歐陽子穆例行出府的日子，回來時一定會帶零食給潼兒，現在正好就是派零食的時候吧？

聽到塗山的話，芙蓉遲疑了一下，她不是想分那些零食，但現在過去潼兒一定會用捨不得的表情把零食分一半給她，這樣她會有很大的罪惡感。而且歐陽子穆本就沒買她的分，這樣討了一半來吃著也不是滋味。

「我才不希罕啦！我要出趟遠門，想把潼兒也一起帶去。」不能立即去找潼兒，剛好塗山又在，先把事情說給他知道也好。

「遠門？」塗山狐疑的皺起眉，意識到芙蓉說的遠門不是那種兩、三天就能來回的路程，不由得些許不安。

「嗯！」芙蓉沒有主動說太多，她暫時想把內容保密。

「剛才有仙鳥來過，然後妳就說要出遠門，事有蹊蹺。」塗山能輕易魅人心神的眼睛斜斜瞥向芙蓉，眼中透著一絲審視。這丫頭下凡已有一段日子了，到現在還是連謊也不會說。「妳難道不覺得這樣太巧合了嗎？還是妳把我的智商看得那麼低？」

芙蓉乾笑幾聲，試圖使用一笑置之的方法把事情帶過，可惜面對一隻千年老狐狸，芙蓉的道行嚴重不足，一走神，連拿手中的信都被拿走了。

「這是甲骨文嗎？」塗山皺起眉頭讀著那封信，以他待在凡間千年歲月中看過不同時期的文字造型，手上這封信的內容可算是新一代難以辨認而藝術性極低的新字體了。

看了兩句，塗山已經生出把信紙揉成一團的衝動，這字看了著實太傷眼了！

「我認為塗山的評價汙衊了甲骨文。」芙蓉認同信上的字和甲骨文一樣難明，但比較起來，甲骨文還是好太多了吧！最起碼甲骨文仍是有跡可循的。

「甲骨文不知道要不要感謝妳為它說話呢！所以妳是打算帶潼兒一起去找避水珠？」挑起眉，塗山勉強看完整篇信後整理出幾個重點，就是寄信來的人弄丟了借來的寶貝避水珠，但分身不暇，想讓芙蓉幫忙找，尋找失物的工作有報酬而且出手還不低，只是最令人不安的是，這工作的委託人是雷震子。

他開的工作單到底靠不靠譜呀？所謂一次不忠百試不用喔……

「找失物難度不是很大，危險性也低，不是嗎？」芙蓉知道塗山眉毛挑得越高就是越反對的先兆，為了順利起行，她得下點工夫消除塗山的疑慮，不先解決他，恐怕塗山會當著李崇禮的面數落她，會害李崇禮擔心的。

要是讓李崇禮擔心，這會令芙蓉有很大的罪惡感。

「讓妳跑那麼遠，李崇禮會擔心的。」塗山反對也不只是因為距離遠以及委託人是雷震子，而是他一直覺得去年夏天的事件背後一定還有內情，不然事情解決後，東王公不會有意無意讓芙蓉一直以京城作為根據地，安排的任務也沒有需要芙蓉長途跋涉的地方。

那個遲鈍的丫頭看似沒發覺這一點，但旁觀的塗山從自己的情報網得知京城以外妖道鬧事的情況有增無減，雖仍維持在輕微程度，但數目明顯增多，已經很不尋常了。讓芙蓉帶著潼兒出去是否妥當，塗山拿不定主意，他唯一能確認的事是雷震子雖然不可靠，但並不會加害芙蓉，如果雷震子敢有那麼一絲一點心思，在仙界一定活不下去。

「我也不是第一次出門，之前也沒什麼事不是嗎？」芙蓉心裡閃過一絲得意。

她才剛這樣想，塗山就開口了。

「對呀！我還記得有人孔武有力的抓了隻熊回來，那可憐的小傢伙待在皇宮珍獸園快被餵得像隻狗熊了。」塗山想起那隻被芙蓉用半天時間訓練得能流暢表演的可憐動物，要是之後芙蓉不是全力在養人參換仙石，而是常往深山跑的話，恐怕皇宮珍獸園的動物數量就要過剩了。

塗山把信扔回芙蓉手上，想著有時候也不能一直把她放在絕對安全的地方，讓她出去走一圈也是好事吧？最多等她前腳出發，他立即寫信通知仙界的友人，總有人有辦法照看的。

嘖！塗山暗暗的撇了一下嘴，連他都不自覺的對芙蓉保護過度了。塗山鄙視了自己一下，跟自己說會有這樣的心思安排，完全是為了不讓李崇禮擔心罷了。

「那我去找潼兒了！」

見塗山沒打算阻止，芙蓉在心裡歡呼一聲，蹦蹦跳跳的就跑掉了，塗山想叫都叫不住，剛才不就說潼兒和歐陽子穆在一起的嘛……

第二章

糟糕我們曝光了！

「妳要帶潼兒回鄉一趟？就妳們兩個？」歐陽子穆黑著一張臉看著芙蓉，芙蓉也不遑多讓的瞪著大眼睛一臉的堅持。

現在她面前的是一場硬仗。出去找避水珠一事，芙蓉從來沒想到最大的阻力不是來自塗山，更不是來自李崇禮，竟然是來自歐陽子穆！

「很快就會回來了。」

「我派人陪妳們一起回去。」歐陽子穆十分堅持。

「不用了，要麻煩別人多不好意思。」芙蓉覺得自己的笑容都要扭曲了。

「放心，不必覺得不好意思。」

「我說歐陽大人，我和潼兒只是一起回去一趟，你不用這麼擔心吧？」芙蓉受不了，為什麼歐陽子穆就是要一臉不信任的盯著她呀！

「……」

「他的沉默是在質疑妳喔！芙蓉。」隱身起來看熱鬧的塗山小聲的在芙蓉耳邊說著。

他說的芙蓉自己也聽出來了。歐陽子穆根本認為她帶潼兒出去一定會把人弄丟似的！

「我和芙蓉一起去沒問題的，芙蓉一個人去我會擔心。」潼兒也感覺到氣氛越發的不對勁，連

忙站在芙蓉這邊幫著說話，希望歐陽子穆能點頭。

「真懂事呀！潼兒很了解妳呢！少了萬能的潼兒在身邊，恐怕妳連目的地的正確位置都找不出來吧？」塗山語氣涼涼的在芙蓉身邊說著，還故意呵呵的笑了幾聲。

可惡！

芙蓉氣得眼睛快要噴火，偏偏歐陽子穆在面前她不能對塗山還擊，只能忍氣吞聲。她已經沒在京城迷路了！塗山還把陳年舊事挖出來說！

「我去找李崇禮來幫妳說話好了，不然光是歐陽子穆這一關，妳已經過不去。」塗山心想芙蓉對戰歐陽子穆，她想要贏的話，沒有李崇禮幫忙是不可能的。

這真是一條奇怪的食物鏈呢！潼兒怕芙蓉，而芙蓉對歐陽子穆沒轍，但李崇禮的話歐陽子穆從來也不敢拒絕，這幾個人真是環環相扣呀！

最後還是由李崇禮出面調停，歐陽子穆才同意讓潼兒跟著芙蓉出門。話雖如此，但這不代表李崇禮就完全放心他們兩個出門，在芙蓉正式出發前，他把一面代表王府的腰牌以及他的親書交給芙蓉，讓她收起以防萬一。

「王爺真的很細心呢！」潼兒揹著小包袱，換穿了一身輕便的衣裝，難得的是他下凡這麼久終於可以穿回男裝了。

不用穿輕飄飄的裙子還有梳丫髻，讓他心情如沐春風，潼兒簡直覺得自己重新活過來了！他能穿回男裝都是拜歐陽子穆所賜，要不是歐陽子穆說女兒家出門在外諸多不便，女扮男裝比較安全的話，他恐怕仍得穿一身女裝出門。

至於同行的芙蓉卻沒有喬裝，歐陽子穆也沒有偏心，同樣提點她安全問題，但問題是芙蓉的男裝扮相讓人第一眼即能判斷為此地無銀三百兩，完全變成反效果，只會更引人注目。

「銀票他也給了很多呢！」芙蓉拿在手上的小包袱是做做樣子的，等出了城，她就會扔進百寶袋中。

「銀兩我們基本上用不到，但遇到麻煩事時，王爺的腰牌就很管用了！」能出門旅行，潼兒一臉喜孜孜的。芙蓉從李崇禮手上拿到腰牌，而歐陽子穆則是給潼兒整理出一份有事時可以找誰幫忙的清單，詳細的快能和紫府出品的應對手冊大全系列媲美了。

「說得也是。」芙蓉由衷的點頭同意。

在京城偶爾出出門也能看到凡間狐假虎威的人實在不少，現在他們兩人出門，喜愛找麻煩的人第一眼一定覺得他們是肥羊，要是有人不長眼纏上來，芙蓉會要這些人知道什麼叫禮義廉恥的！

說不定，她有機會把東嶽帝君用在她身上的酷刑轉嫁到別人身上！

想到那畫面，芙蓉不自覺的勾起一個不懷好意的笑容，害得一旁的潼兒立即打了個大冷顫。

現在的天氣仍帶著冬末初春特有的森冷，作為一個仙童，好歹也是位列仙班，潼兒的仙氣是抵得住冷，但他的心靈還沒強到能抵住芙蓉的壞心眼呀！她千萬不要開發別的詭異興趣啊！

「雖然有王府撐腰，但芙蓉妳不要去惹事呀！」潼兒小心翼翼的說。雖然打斷芙蓉的奸笑，第一個受害的就會是自己，可若不提醒一下，潼兒又覺得對不起自己的良心。

「放心吧潼兒！我完全沒有惹事的打算！」

芙蓉呵呵笑拍著潼兒的肩膀，這樣更讓潼兒擔心了，他摸了摸衣袖下的玉臂釧，還有藏在胸口的傳訊鏡，這兩件法寶是潼兒跟著芙蓉出門的倚仗了。記得當初他下凡時東王公說過，在路上遇到壞人要大叫救命，然後搬救兵，想來這次出門說不定真要用上這招了。

※　※　※

兩人的目的地曲漩城是從京城往東走，普通人走上半個月就能到達的一個中型縣城。那裡鄰靠一座山中湖，風光甚好，是個以風景秀美、人文風雅出名的地方，許多詩人墨客在曲漩城這個地方留下不少文學作品。

半個月腳程的距離對芙蓉和潼兒兩個會飛的仙人來說只是小問題，出了京城城門飛一下，很快就到了。

在藍天白雲下飛翔，芙蓉現在滿心期待的打算儘快把雷震子在那附近弄丟的東西找到，仙石袋袋平安之餘，剩下的時間順道在外遊玩一下。

大概一個半時辰，芙蓉和潼兒已經來到曲漩城附近，要不是潼兒實力比芙蓉略低、不時要停下來休息的話，他們兩個說不定可以飛得更快。

兩人在曲漩城郊的山頭降落，芙蓉理想中的計畫是先在山林搜索一下，再決定要不要進城。她完美的幻想著要是在山裡找到避水珠然後回收，一天完成任務後就可以開始四處遊覽了。

當然，這是過分理想的想像，但芙蓉不認為以她對靈氣的敏感度，他們需要花很多時間去找。反正她答應雷震子大哥只在曲漩縣城一帶找尋，方圓十里找過沒有就是沒有了，而報酬的仙石卻一樣袋袋平安。

「乞嚏！」

走在山裡一下午，潼兒開始覺得筋疲力竭，山路不好走他也走不慣，腳底好像要長水泡了。現在的勞累，讓潼兒產生比陪芙蓉煉丹更累更痛苦的錯覺。看著那個不知道是否會爆的丹爐，潼兒感到的是精神層面的疲憊，但現在卻是肉體上的辛勞。

又是飛又是爬山的，折騰了大半天，連可以省掉用餐的仙童也第一次有飢寒交迫的感覺。

「潼兒你很髒耶！」走在前面的芙蓉轉頭一看，就看見潼兒掛了兩行鼻水，立即貢獻出自己的手帕。

「我哪知道在天上飛會這麼冷，一下子沒留意好像著涼了。」潼兒委屈的接過手帕嘟著嘴。他根本不知道山裡和京城會有這麼大的溫差，看來他不下點工夫修煉不行了，他不想成為第一個在凡間冷死累死的仙童。

「傻瓜，現在是初春，當然冷啦！」芙蓉從百寶袋中摸出一件大披風套到潼兒身上，滾毛錦緞的厚披風十分保暖，就是剪裁樣式和選色是給女孩兒家用的。這造價不菲的披風也是李崇禮特地準備給芙蓉的行裝之一。

潼兒沒有半點抗拒的穿起這件目前京城官家小姐間最流行的披風，似乎還對披風上的滾毛邊十分中意。

呼出來的氣息被山中的寒氣化成一道道白霧，走在仍像深冬般冷清的山林中，芙蓉和潼兒不時感到一陣陣的寒冷。又冷又累，他們終於忍不住找了個歇腳的地方。才坐下，芙蓉已經立即用法術捲來了一堆乾樹葉和樹枝生了個小火堆，一生好火，芙蓉還順便摸了兩個甘薯出來烤。

「雷震子大人真的在這附近弄丟避水珠的嗎？」飢寒交迫了天半天，潼兒耐心等待著甘薯被烤熟，現在他不求有精緻的點心菜肴，只要是熱騰騰的食物就足夠了。

才第一天，潼兒已經覺得之前在王府或是東華臺的生活很舒服。出了門，作息沒了規律讓潼兒很不習慣。想到今天若是找不到，接下來還要在山林中沒頭緒的尋找，就讓潼兒覺得很沮喪。今天他和芙蓉在山上走了不止兩個時辰，從這邊山頭逛到那邊山腰，山林這麼大，要仔細走上一遍，到底要花多少時間？

雖然山中人跡罕至，不過因為潼兒的隱身術不算好，芙蓉認為不用法術飛行比較妥當，免得遇上剛好上山的樵夫或是獵人而引發誤會就不好了。但經過了今天，潼兒決定要是得一直爬山，他一定會勸服芙蓉用飛的來搜索，不然他不知道要走壞多少雙鞋子。

「雷震子大哥只說是在曲漩城附近，看來今天是找不著了。」芙蓉看看天色已開始暗下來，不說潼兒累得苦著一張臉，她自己的腳也累得快提不起來了。

等了一會兒，芙蓉拿樹枝把烤得香噴噴的甘薯翻了出來，分了一個給潼兒捧在手裡邊吹邊吃。

他們不得不為晚上的落腳處打算了。現在還身處深山，如果靠他們兩人用腳慢慢走下山，不知要走到何時。潼兒已經很累，恐怕也飛不了多久，更顧不上隱身術了。

悄悄看了眼累得像隨時能睡著的潼兒，芙蓉心裡不禁想到難怪仙人都愛召喚彩雲代步，可以坐著飛，懶的可以躺著飛，完全不會出現走到腳軟或飛不動的情況。

「我們先進城去吧！今晚好好休息明天再找。」吃過甘薯，芙蓉把火堆用法術澆熄滅後朝潼兒伸手，讓他拉著借力站起來。

潼兒沒精打采的應了聲，在披風下的手搥了搥肌肉都僵硬了的小腿肚。

芙蓉差點想教訓他男子漢大丈夫走一點路就這樣子，但回想一下潼兒年紀比她小，修行比她弱，他從小就在東華臺從事仙童的工作，好像真的沒看過他拿起比水盆或硯臺更重的東西，說不定經常四處亂跑的她耐力更強。

套用凡間一句話「百無一用是書生」，潼兒沾得著邊了。他今次這麼努力，等會兒入城後一定要去買幾串冰糖葫蘆給他才行！

隨後，芙蓉伸手在空中畫了幾筆，再朝天空勾了勾手指，然後一朵薄薄的彩雲飄了下來，降落在芙蓉和潼兒的面前。

「咦?芙蓉妳已經能召喚彩雲了?」潼兒訝異的看著這片變幻著五色光彩的雲，還好奇的伸手摸了摸，雖然視覺上覺得彩雲是半透明的，但摸上去卻出奇的結實。

「嗯?我一直都會的呀!」芙蓉不解的歪了歪頭，她不明白潼兒為什麼這樣驚訝，她好像從沒說過自己不會召喚彩雲的吧?

「之前妳在東華臺出門時都跟著東王公乘同一朵，所以……」潼兒一臉納悶，想到一半又變成驚訝了。「妳不會是嫌自己召喚太麻煩吧?」

「這個嘛……東王公的九色彩雲結得又漂亮又結實，飛行速度更是頂級的，沒道理不乘他那一朵卻乘這朵吧?」

芙蓉比了比在面前的彩雲，它的五彩顏色比較淡，論等級的話，這朵雲只有中等的程度，雖然坐上去並不會發生因為雲朵不夠結實而導致墮雲意外。而且乘過東王公那帝王級的九色彩雲之後，若沒必要，芙蓉也不想用自己的這朵了。

潼兒看著芙蓉的彩雲，眼裡掠過一絲羨慕，他想要召喚彩雲的話道行還差很遠，雖然芙蓉是個特殊例子，大部分和芙蓉同級的女仙也沒有自己的彩雲，但潼兒還是很羨慕。

「上去吧！我們坐這個進城省點氣力。」芙蓉拉了潼兒一把，讓他先爬上飄浮中的彩雲。可當芙蓉後腳正想跟著爬上去時，潼兒突然慌張的扯著她的衣袖。

「怎麼了？」出門在外，芙蓉也已經提高了警覺性，現在四周沒有什麼妖氣、穢氣，理應安全得很。

「有人……我們被看見了！」潼兒臉色鐵青的指向樹林中一個方向。

芙蓉瞇著眼看過去，結果也和潼兒一樣變了臉色。

「欸！人！」芙蓉怪叫了一聲。

看到活人，芙蓉才察覺到他那微弱到快被她忽略的少許靈氣，連他旁邊那棵樹發出的靈氣都還比他強，這人不是這麼沒存在感吧？

冬末初春的山林中，樹木的嫩綠新芽還沒長出來，除了一些常綠品種仍保留著深綠的樹冠之外，其他的只剩下光禿的枝椏。一個穿著青色粗布衣裳的青年，正一臉驚訝的站在一棵樹後方，他的驚訝明顯是因為看到芙蓉召喚彩雲的一幕。

芙蓉強自鎮定，不過腦袋卻是一片空白，暫時想不出什麼完美蒙混過去的好藉口。

氣氛就像是凶惡的殺人犯在行凶現場被抓包一樣，行凶者和目擊者都有了，只欠缺了應該躺在地上的屍體或重傷者。

不知道他到底看了多久？說不定從一開始用法術生火時，這青年已經在看了。平常人的氣息會這麼難以察覺嗎？再說，天氣還這麼冷的山上怎會突然跑個人出來啊！芙蓉腦袋中冒出很多的疑問，但最終她沒有整理出結論來。

「要殺人滅口嗎？」芙蓉讓潼兒待在彩雲上確保逃走手段，然後伸手平空抄出了一柄寒光閃閃的短刀。

恐嚇的對白一出口，潼兒差點嚇得從彩雲上撲下來阻止她。

「妳別學塗山耍惡霸時的口吻……嚇死人了！」潼兒撫了撫胸口定定神，果然近朱者赤、近墨者黑呀！而且芙蓉學著塗山的神情像極了！

「塗山說虛張聲勢時凶一點無妨！」這種時候芙蓉還有心情開玩笑，抄出刀子只是以防萬一，不是真的要去殺人滅口，要是她敢宰人，下一秒天雷就要來了。

潼兒覺得連吐糟也要無聊起來了。那是人，又不是山林中的野獸，就算要對方住嘴，用法術就可以了，武力值一般的女仙不用法術防身卻改用刀子，怎樣看都是愚蠢的選擇吧？

「你！站出來！舉起雙手！」

芙蓉一聲令下，青年有點膽怯的從樹後走出來。

雖然距離有點遠，但芙蓉和潼兒看到那青年臉上當初的驚訝不知為何變成驚喜，在芙蓉的警告下，他還是朝芙蓉這邊走了過來。

「你給我站住！」他們該不是遇上一個傻子吧？芙蓉一刀子指著青年，成功的讓他停下腳步舉起雙手投降。

潼兒也警戒的看著青年，這個人的反應未免太奇怪了，芙蓉遠遠拿刀指著他，他還想過來？一般來說，他轉身逃跑才正常，根本不會反過來接近恐嚇自己的人吧？

「這是氣勢的問題，他一定是嚇壞了。」芙蓉小聲的說，結果換來的只有潼兒一記死魚眼。

被凡人撞破，芙蓉也是第一次，說起來抹去對方記憶的法術怎樣用的？這法術太冷門，她一時之間記不起來，早知道就跟塗山先複習一下了。

芙蓉上下打量著對方，以她見過的凡人作為比較的依據，現在眼前的是一位典型的一般人。他大概剛滿二十歲左右，臉上還有一點稚氣，也給人很老實的感覺。正確一點說應該是有點傻愣愣，容易拐騙的類型。

他身上穿著已經磨得顏色略舊的青色棉袍，背上揹著包袱，手上拿著一根長樹枝當作手杖來走山路，鞋子也有些破損。從打扮和氣質來推測他應該不是樵夫或獵人，他少了那份在深山謀生的氣魄，而且他身材夠高卻沒有很強壯，像是被獵的獵物更甚於一個獵人。

現在他們三人所在的位置並不是正常的山路，青年剛好同是外地旅人的可能性極低，所謂事出反常必有妖，對方雖不是山精妖怪，但也不一定就是好人！

防人之心不可無呀！芙蓉在心裡告誡著自己。現在不只有她自己一個，還有潼兒在身邊，凡事小心為上最好。

「你是誰？」芙蓉厲聲的問，對首次見面的人裝腔作勢這招連塗山也栽過一次，對付一個普通人絕對有效。

青年表現得有點不知所措，像是覺得不太自然的先把兩手放在腿邊，然後又覺得不妥的想要抱拳，芙蓉看著他左右猶豫正想再催促一下，青年卻先一步跪了下去，差一丁點就達到五體投地的程度了。

青年的反應出乎意料之外，芙蓉被嚇退了一步。她只是拿短刀出來做做樣子，不可能光是這樣就像足了深山的山賊了吧？她渾身上下哪一部分給人山賊的感覺！可要是不像的話，為什麼他突然就跪地求饒了？

「小……小民葳泫！求仙姑收葳泫為徒！」青年跪伏在地上恭敬又緊張的說，他的聲音帶著微微的顫抖，給人有一種如果不答應他就會在現場叩響頭叩到你答應為止的氣勢。

不過，山裡頭除了泥土，地上還有不少石塊，叩下去沒兩下應該會血流滿面了。

「欸？」坐在彩雲上的潼兒怪叫了起來，事情發展到現在這一刻已經超出他的想像，發現秘密的凡人會纏上來這不難預料，但對方第一反應竟然是拜師？太少有了吧！

芙蓉和潼兒一樣反應不過來，她現在就像石化了一樣站在原地，一臉的震驚。

「仙姑？」

芙蓉的表情難看極了，這個稱呼令她非常反感。在仙界，她也是在妙齡少女的行列，現在竟然讓一個外表年齡二十上下的青年喚她一聲仙姑……怎樣看都不應該叫她仙姑吧！即使要尊稱討好她，還有很多稱呼可以選擇吧？叫她天仙也好，叫女仙大人也罷。為什麼要叫她仙姑啊！

「芙蓉？」潼兒感到從芙蓉身上飄出的怒氣，小心翼翼的開口詢問。

「我們走了。」黑著一張臉，芙蓉無視了名為葳泫的青年，準備跳上彩雲了。

「欸？走？等等……那他怎麼辦？」潼兒疑惑的看向了青年的方向，就算要走，也要先處理看到秘密的青年吧？

芙蓉還沒說出自己下一步打算怎樣做，意識到芙蓉和潼兒將要離開的青年緊張了起來，他知道要是那片彩雲飛起來，他就沒辦法再找到他們兩個了。

「等等！仙姑別走！」青年慌張的向前跑，急起來不慎左腳踢上右腳，慘叫著當場摔了個狗吃屎，趴在地上動彈不得。

再抬起頭時，青年臉的下半部滿是鼻血，但還是奮力的想爬起追上來。

芙蓉和潼兒愣住的看著他，這樣子他們還走得下去嗎？

第三章 你你你叫誰仙姑啊ㄚ！

「這個你自己塗一塗吧！可以消腫。」潼兒遞出一個小藥盒，裡面放著的是一些日常有機會用到的應急藥物，也是不知道他們底蘊的歐陽子穆為潼兒準備的。

「謝謝。」因為正掐著鼻子止血，歲泫的聲音有些奇怪。

他小心翼翼的伸出沒沾到鼻血的手接過了潼兒遞上的藥物，雖然表現得很不好意思，但一雙眼還是不時留意著芙蓉和潼兒兩人的去向，芙蓉和潼兒一旦有移動的動作，他就會像是受驚的小動物般，不過他不是準備要逃走，而是萬一他們想離開歲泫就會立即撲上去，扯衣袖抓腳踝都成，總之他不會讓機會白白溜走的。

緊張之餘，歲泫內心也惴惴不安，雙方素未謀面，而且他感覺到仙姑對他的第一印象並不好，加上他一開口就是拜師，被拒絕的可能性很大，但難得讓他遇上真正的仙人，雖然跟他想像中仙風道骨的老者風格不一樣，但是那些法術、閃亮亮的彩雲都是鐵證，眼前這兩個絕對是仙人！

這麼大的機遇，一生可能只會遇上一次，絕對不可以放過這樣的機會。即使沒能當成弟子，但對方願意指點一二他也很滿足了。

「鼻子沒歪掉吧？」站在旁邊的芙蓉十分無奈，但畢竟不是個鐵石心腸的人，看見人家摔得這麼慘她還是有點擔心，因為好像很痛似的。

「沒……沒有。」

「那你就忘了剛才所有的事情，乖乖回家去吧！」

如果事情可以這樣打住的話就好了。在等待青年止住鼻血時芙蓉沒有偷懶，她在努力回想消除記憶的法術咒語，不過她想起來的都是威力過猛的那種，沒有細緻到可以針對消除單一事件的，硬是把過猛的法術用在他身上，萬一害他連自己是誰都忘掉，就真的罪過了。

「不！歲泫求求仙姑，收歲泫為徒！」

青年焦急的撲倒跪在地上，預測到他下一步的芙蓉立即使出了定身法術，把想叩頭的歲泫固定住了。

「叩在這樣的地面一下就足以頭破血流了，做事也不分場合輕重呀？」

「對……對不起，仙姑。」

被警告不准叩頭後，青年身上的法術才被解開。

他們兩個都堅持不退讓，氣氛因各自的想法而凝固著。芙蓉不說話，跪在地上的青年也沒有動。芙蓉在想解決辦法，她發誓自己有認真思考的，但歲泫那仙姑的稱呼實在讓她大受打擊，一想起悶氣就跑出來了。

在緊繃的氣氛下，潼兒突然縮了縮脖子，他覺得四周的空氣突然掠過一道讓他皮膚刺痛的氣流，那感覺就像傳說中的殺氣一樣。悄悄的看向芙蓉，果然發現她唸唸有詞的重複說著仙姑二字。塗山常跟他說姑娘家很在意年紀，在她們面前談論年齡是大忌，現在潼兒總算見識到為什麼了。

「仙……仙姑?」見對方久久沒有說話，歲泫猶豫的抬起頭，剛剛好看到芙蓉臉色非常難看的俯視著他，讓他不由得打了個冷顫。

他是不是做了什麼大不敬的事情讓仙姑生氣了?

「你再說一遍?你叫我什麼?」

人對於危機總是會有莫名的感應，歲泫也是一樣。當芙蓉邊問邊轉動手上已經回鞘的刀子時，歲泫明顯感到生命受到威脅。

為了一個稱呼一命嗚呼太不值得，加上芙蓉身後的潼兒拚命使眼色，歲泫總算知道問題癥結所在，連忙把引起問題的稱呼改掉。

「仙……仙姑?不……仙……天仙大人?」文人雅士都愛稱美人兒天仙下凡，喚聲天仙應該可以吧?

「你叫什麼名字?」更改過的稱呼讓芙蓉的心情好轉了一點，心情好了才有心思和歲泫搭話。

「小民……不，貧道歲泫……」歲泫對自己的謙稱感到猶豫，但想了想，自己既然全心想拜師修道，自稱貧道好像比較好，但這兩字一出，芙蓉的表情又變得有點怪異了。

「你很窮嗎？」芙蓉下意識脫口就問。

而這個沒水準的問題讓旁邊的潼兒覺得自己都要沒臉見人了。

「咳……本女仙問你剛才看到了什麼？」沒看漏潼兒的表情，自知已經出糗的芙蓉飛快轉移歲泫的注意力，反正對方什麼都看到了，她也不怕把女仙的身分抬出來。

「這……」歲泫思索著該如實回答還是只說一部分？那柄拿在仙姑手上的刀子看上去非常鋒利，而且仙姑會法術，如果說他從頭看到尾，會不會真的被殺人滅口？但是說沒看到也是明顯說謊，仙姑也不會信的。

「視你的答案如何，我再決定怎樣處置你！」芙蓉故意拋了拋手上的刀子，作勢擺出凶惡的形象。

「芙蓉完全變成大反派了。」潼兒小聲的嘆口氣。

「對不起！我什麼都看到了！」

似乎膽子沒有很大的歲泫一緊張就用力的在地上叩了兩下，他還沒痛呼，芙蓉和潼兒卻先叫了起來，那兩聲叩頭光聽聲音就知道非常痛，二人連忙抓住歲泫，果真看到他的額頭出現了一個小小的血噴泉。

在替他急救時，歲泫向芙蓉和潼兒述說了他的生平，沒有不為人知、令人大吃一驚的身分，他就真的只是個隨手一撈就有一堆的普通百姓。

在年紀很小才剛懂事時，歲泫就被帶到一所很小的道觀。那時年紀小，他已經記不起原因，現在想來大概也是家貧被送走的吧?從那時開始，歲泫就和師父在山裡那所已經破落的道觀中相依為命，師父仙遊後，那小小的道觀也由歲泫繼承。

雖說是繼承，但歲泫不算是正式的道士，他師父也沒認真的給他道號，更沒說收了他入門。這些年歲泫在道觀的角色，比較像是道長的孫子多於一名道長的徒弟。

本來深山裡的道觀香火已不鼎盛，沒了老道長更顯得破落。為了生計，歲泫努力想辦法自立更生，例如上山採藥、入城打零工，或是做些手作拿去賣。這次他會意外遇上芙蓉和潼兒，正是因為他上山來找一下可用的藥材。

芙蓉聽完，對歲泫捉襟見肘的生活表示同情，也有一分欣賞，歲泫提及自己不算富裕的生活時沒有一絲埋怨，而且提起他和師父一起時還會露出滿足的笑容。這笑容不是裝出來的，她看得出來那都是出自真心。

「就算當了道士，也別用貧道這樣的稱呼嘛！怪難聽的。」

貧道二字就和急急如律令這句咒語一樣讓芙蓉討厭，打從心底抗拒。

潼兒想要說道士謙稱貧道是朝廷的規矩，不過說出來恐怕芙蓉也不會認同，他省口氣算了。

「回歸正題，剛才你看到不應該知道的事了吧？」芙蓉扠著腰嘿嘿笑了兩聲，她身上發出來的威脅讓歲浤嚇得在地上正襟危坐，動都不敢動了。

「我……我不會說出去的！」

「你發誓？」

「我、歲浤，如果把剛才看到的事說出去一定遭天打雷劈，三生三世不得好死！」

歲浤一說完，天空響起一道悶雷聲，嚇得他愣愣的看向天空。

雖然天色晚了已經開始轉暗，但天空明明一片烏雲也沒有，說是萬里無雲也不為過，但突然響起一聲悶雷時間也太巧合了些。

芙蓉也不禁抽了抽嘴角，那聲天雷代表什麼她一聽就知道，絕不是一般天候的打雷。凡間一天有數以千百計的人在對天發誓，怎麼這麼巧歲浤在她面前發誓老天就聽到了？這算是對她的特別照顧嗎？

不過這樣一來，她就不用煩惱怎樣處置崴泫這個目擊者，他要是多嘴，老天爺就會先劈了他！誰叫他傻傻的向一個正宗女仙發毒誓！要是他多嘴背了誓，那下三世他一定會非常慘。

「既然上天已經聽到你的毒誓言，我就相信你吧！反正你一多嘴，就會被天雷劈得連渣渣都不剩了。」原本崴泫給芙蓉的印象就很老實，加上天雷這連仙人都會覺得棘手的保障她更不擔心了。

解決了封嘴的問題，芙蓉心思轉了轉，想著崴泫的出現或許可以解決她目前的問題。

「天仙大人，我真的什麼都不會說的。」維持著單手指天的動作，崴泫認真的再次重申，他知道比起自己的誓言，芙蓉更相信天雷的處罰，但是他還是希望得到別人對他的信任。

「剛才你說想拜師？」芙蓉勾起一個甜甜的如陽光般燦爛的笑，熟知內情的人就會知道芙蓉另有所圖，當她甜膩膩笑著時，腦瓜子裡一定在打著什麼主意。

「是的！天仙大人妳願意？」崴泫驚喜過望的抬起頭，額上的血從額心分流落下，十分可怕。

「不要。」

聽到芙蓉斬釘截鐵的回答，崴泫變得沮喪萬分。看他這模樣，芙蓉也有一點不忍心，但收徒卻是絕對不可能的。雖然被人叫一聲師父好像很有趣，但芙蓉知道憑自己的料子來教徒弟，絕對是誤人子弟。

「收徒是不可能的，但我可以指點一下，交換你幫我做一件事如何？不行的話，我也可以另付報酬給你。」說著，芙蓉摸出一錠元寶遞到歲泫面前。

李崇禮府中的每件東西都價值不菲，用那裡的物價來做基準完全行不通的。一錠元寶能讓普通人家買多少東西，芙蓉並沒有具體的概念，再說她在王府的身分是王爺身邊當紅的大丫頭，生活過得比一些大戶小姐還優渥，吃飯也不知米價是多少。

他們既是萍水相逢，芙蓉認為要讓歲泫工作就要給報酬，再說銀兩李崇禮給了很多，沒了銀兩還有銀票，先給個一錠元寶不算什麼。

「請天仙大人收回去吧！歲泫是以修道為目標的人，不應貪圖錢財。天仙大人想歲泫做什麼，歲泫一定幫忙的。」看到那錠元寶，歲泫第一時間把手縮到身後，好像那元寶上沾了毒似的碰不得。

本想遊說一下讓歲泫把元寶收起，但見他如此抗拒，芙蓉只好把收起元寶，不客氣的把要求說出來了……也順道測試一下歲泫有多老實。

「現在天色看起來也不早了吧？入夜後山上會很冷吧？」芙蓉想過單刀直入直接說重點，但感覺自己的氣勢無以為繼，還是迂迴一點比較好。

「是的，現在不趕下山就得在山裡過夜了，入夜後山上會冷很多的。」歲泫想說邀芙蓉和潼兒到道觀留宿，但他家徒四壁，連給客人過夜用的棉被用品都準備不出來，屋頂也沒補好，讓客人半露宿很失禮。

「嗯嗯。」芙蓉十分同意的點了點頭。「我的要求很簡單，把我們帶到曲漩縣城，再稍微當一下我們的嚮導就可以了。」

「原來芙蓉妳是帶著我迷路了！」潼兒一臉埋怨的看向芙蓉，想起自己在山上走得腳痠卻都是冤枉路就傷心了。還以為芙蓉路痴的毛病已經解決，怎料又再重蹈覆轍！

「才沒有，只是有人帶路總比我帶著你亂飛好吧？」芙蓉不承認迷路，只是她覺得反正要入城，找個熟路的人帶著比較方便吧？

下山途中經過了歲泫承繼的道觀，即使已經聽過歲泫的形容，芙蓉也認為自己有足夠的心理準備，但是當她看到那破落得在下雨天應該……不，是鐵定會漏水的建築物時，她打消了想要借住的心思。

這裡破得不要說給仙人落腳了，連住人都要成問題了吧？而且規模說是道觀，不如說是一間山中小屋還比較貼切。

道觀裡，正堂放置的神像造工一般，遠不及她在京城看到二神真君那般「栩栩如生」的造像，看來看去芙蓉也看不出供奉的是哪一位，問了崴泫才知道道觀中供奉的是三位天尊。

知道供奉的是誰後，芙蓉更加無言了。

天尊們老眼昏花竟然看漏這裡有一個虔誠的信徒！這道觀是小了點、香火也缺了些，但這麼艱難的情況下，崴泫還是每天三炷清香的拜，看在這份心意的分上，天尊也該保佑他，讓他不要過得這麼苦吧？

看看那道觀殘破的屋頂！看看旁邊應該是崴泫做手工謀生和居住的草屋！再看看那個像塌了一半的水井！明明崴泫扔下這裡到城裡打工一定可以過更好的生活，但他也太認真了，師父說把這裡留給他，他就真的留下來小心打理著，該說他正直還是笨好？

芙蓉輕嘆了口氣，正想說還是趁夜未黑趕下山時，突然一隻傳訊仙鳥從天邊飛來，帶來了一封給芙蓉的短箋，傳訊仙鳥在崴泫驚訝的目光下特地多飛了兩圈賣弄自己漂亮的羽毛，芙蓉沒好氣的把愛現的仙鳥趕了回去。

信箋背後的落款是一個「三」字，內容只有短短兩個剛勁有力的大字——

可信。

短箋出自誤交了雷震子大哥這位損友的哪吒三哥哥之手，風格也和他一貫的相同，長話短說。只是沒想到這麼快三哥哥就把歲浤的身家背景查得清清楚楚，還給出一個可信的評價？難不成雷震子找她幫忙尋找避水珠的事，早已被三哥哥知道了？不然怎樣解釋她遇到歲浤也才半個時辰，效率已經快到有背景報告了！還有，既然三哥哥都知道她跑出來了，那不就等於天宮大部分人都知道了嗎？

算了，反正那不是自己能控制的事。芙蓉不負責的沒再想下去，等歲浤稍微收拾好必需品後，三人再次出發。

從沒試過雙腳離地移動的歲浤，在芙蓉的催促下戰戰兢兢的爬上彩雲。待三個人都坐好後，芙蓉指示著彩雲前進，多了歲浤，她也不敢讓雲朵全速飛翔。而飛了還沒有半刻鐘，歲浤已經臉色青白的摀著嘴說不出話，指示方向也只能指手畫腳，即使潼兒提供了薄荷油止暈也沒多少作用。

因為歲浤的情況太糟糕，芙蓉不得不在抵達山腳後把彩雲遣了回去。重新回到地面、腳踏實地的歲浤仍覺得天旋地轉，跟在芙蓉和潼兒身後他只能走曲線，活像喝醉酒似的。

「我的駕雲技術有這麼差嗎？」芙蓉自問她駕的彩雲雖然不夠平穩，但潼兒不也一點事都沒有嗎？而且從山上飛下來只不過是短短一會兒，歲泫有必要暈成那個樣子嗎？

芙蓉才剛問，回想起那不踏實感的歲泫又再摀著嘴、跑著斜線，到一旁大吐特吐了。

「第一次坐彩雲都會這樣的，暈雲只是很平常的事，不要在意。」

潼兒體貼的遞上手帕給歲泫，王府出品的絹帕品質極高，害歲泫猶豫了好久才接下。

猶豫的原因除了手帕很貴之外，還有對潼兒的稱呼存有疑問，單看潼兒身上的披風和絹巾，歲泫認為叫一聲姑娘準沒錯，但直覺又告訴他亂叫會發生很糟糕的事。

「謝謝……」他還是把稱呼先省略掉好了。

※　　※　　※

待歲泫吐得一乾二淨後，三人又繼續路程。從山腳到曲漩城門並不遠，距離城門關閉還有一些時間，足夠他們慢慢走過去了。

「我們三個人的組合有點奇怪，要不要先夾口供？」

城門近在咫尺，芙蓉突然停下腳步朝潼兒和崴泫招手。

只有她和潼兒兩人說自己是過路當然是沒問題，但加上崴泫這個當地人的組合就有點奇怪了。崴泫在曲漩這裡也不是什麼生面孔，他旁邊多了兩個外地人，更會引起其他人的注意吧？

塗山有提醒過，某些地頭蛇認為外地人都是很好欺負的軟柿子，她和潼兒應該會被歸為婦孺的範疇，外表也是一副手無縛雞之力的樣子，塗山忠告中提到擁有這些不利條件的他們是人販子最喜歡下手的目標。雖然有信心遇上人販子時倒楣的也會是對方，但可以避免麻煩是最好的。

「這也是塗山教的嗎？」串供也就是說謊，潼兒認為這應該是塗山傳授的應變方法，因為仙界製作的凡間應變手冊絕對不建議這樣做。

「塗山有時候說的話也很有道理。不如我們說僱了崴泫當嚮導如何？這樣他暫時跟著我們兩個外地人也說得過去，省得別人先懷疑他拐帶我們兩個。」芙蓉認真的說，雖然事實好像是他們兩個把崴泫拐來做免費勞工才對。

「也是呢！」潼兒附和起來，雖然他針對的不是拐帶的問題。

「等等……我……我長得像人販子？」崴泫受到打擊的垂下頭，可惜整個討論從一開始就沒有他參與的餘地了，也沒有人理會他是否長得像壞人。

「進城後，歲泫先幫我們找家客棧休息吧！」決定好後，芙蓉一馬當先的走向城門口。

部分守門的官兵遠遠看到歲泫時便像已經見慣了般熱絡的打招呼，但也不是每一個都和顏悅色，當中有個別幾個看到歲泫時，嘴角勾起一道不懷好意的笑容。

因為太明顯了，芙蓉想裝作沒看到也不行。

狗眼看人低這種事在京城很常見，在大街上晃一圈就能看到這種人在到處生事，想不到來到這裡，還沒入城就已經在城門官兵身上看到這種嘴臉了。

「這不是山中的道長大人嗎?這次怎麼帶了兩個女娃兒同行?道士不都是不近女色的嗎?」

被人這樣當面取笑揶揄，歲泫不知所措的站在原地，想要反駁但口才沒對方好，只能氣得一張臉紅通通的。但他臉一紅，那些帶著惡意的官兵就笑得更加肆無忌憚。

走在兩旁的人大概已經習慣了官兵仗勢欺人的情況，除了多瞄一、兩眼外，大都快速走過，明哲保身。

「好討厭的嘴臉……」潼兒在芙蓉身邊小聲的說。

芙蓉也有同樣的感覺，在京城李崇禮把他們保護得很好，他們即使出門落了單，但背後有王府的名號，也從沒人敢刁難他們。

人們都欺善怕惡，對付這種人用說道理的方式也不一定有用。

狗眼看人低的傢伙芙蓉和潼兒最不齒，大家都是用一雙手謀生，歲浤既沒幹偷雞摸狗的事，行事更是光明正大，為什麼要讓人這樣白眼嘲諷呢？而且那句道長真是諷刺，歲浤都說了他是想修道但師父沒收他入門，嚴格來說他根本不算是道士，更別提用道長來稱呼了。

而且這幾個無禮的官兵把她和潼兒當成什麼人了？那語氣和那令人反感的笑容是想怎樣！

板起一張俏臉，芙蓉惡狠狠的瞪著那些出言不遜的人，心裡盤算著要用什麼手段教訓他們，看看是要讓他們全身狠癢一整天？失聲？還是青蛙跳一整天都可以！

經過這半年的鑽研，加上煉丹和調藥都是異曲同工的東西，光是使用凡間的藥草，芙蓉就能生產出很多副產品，隨便拿一些出來也夠這些官兵受了。

第四章

那個吝嗇鬼家族……

芙蓉難得的壞心眼並沒有得逞。

一直在後面冷眼旁觀的官兵頭目打壞了芙蓉小小的惡作劇計畫，在她動手前，他喝止了口沒遮攔的部下。這並非是因為這位頭目正義感特別強，要是他是個認真嚴謹的人，早該把部下的嘴巴管好而不是快惹出禍事時才喝止。

他出言制止，只是因為留意到芙蓉腰帶上掛著的一塊玉珮。

對比京城作為皇朝的中心，曲漩城只能算是一個鄉下。這裡的官兵眼力一般，平時就只會狐假虎威欺負小老百姓，唯有跟隨城守外出見過世面的兵頭，才會察覺到芙蓉腰間玉珮的不平凡。他讀書雖然不多，但玉珮上的雕花還有刻上的字仍是認得出來，能拿著這種玉珮出來的人身分非同小可，得罪玉珮主人並不明智。

何況雙方本無交惡，何必為了逞口舌上的一時之快惹禍上身？萬一這位姑娘拿著玉珮跑到城守大老爺面前告他們一狀，吃不完兜著走的絕對是他們這些兵。

有人出面擺平事件，芙蓉他們順利的通過了城門。

「天仙大人……」跟在芙蓉和潼兒身後，第一個任務是找客棧的歲泫小聲的喚了一聲。

聽到他選用的字，芙蓉一臉驚駭的轉過身，差點動手就要把他的嘴給封了。

「別這樣叫！你想全城的人都知道我的身分嗎？還是叫我名字……」

「怎麼可以！」歲泫立即叫了起來，對他來說直呼天仙的名字是絕對不行的，但他又想不出其他代替的，正苦惱著。

他們三人圍在一起沉吟了一會兒，最後歲泫選擇了一個意料之外的稱呼，害芙蓉差點在路上摔倒。因為歲泫異常堅持，芙蓉只好勉為其難同意他喚她一聲「姑姑」。

歲泫的外表比芙蓉年長，現在反過來由他喊芙蓉姑姑，叫的人沒有半點不自在而且還叫得很順口，但被叫姑姑的卻感到彆扭。不過芙蓉回心一想，讓剛認識不久的歲泫喚她的名字，她也覺得怪怪的。在凡間會直接喚她芙蓉的凡人只有李崇禮一個，即使是歐陽子穆叫她時也會加上姑娘二字。

果然，讓歲泫叫名字的確不太妥當。

解決了稱呼的問題，歲泫領著芙蓉和潼兒走在曲漩最大的街上。

靠近他們剛才進城的北城門一帶不是沒有客棧，但那都是些價錢便宜、環境屬一般且龍蛇混雜的小店，歲泫認為那樣的環境實在不適合讓芙蓉姑姑住下。而且芙蓉剛才給的元寶充當旅費可以用來投宿好很多的店，雖然自己從來沒有多餘的錢投宿過，但是他仍然知道一些既安全又有好口碑的客棧。

一路上，歲泫好奇的問起芙蓉和潼兒來曲漩城的目的，城外的曲漩湖風景是好，但還不是名山大川的級別，也沒聽說過這裡是什麼靈氣寶地，實在讓人想不出仙人他們過來的目的。

「姑姑來曲漩是為了什麼事嗎？」歲泫小心翼翼的問，聲音努力的克制著內心的好奇。

但他本身和芙蓉一樣不是擅長說謊的類型，他既好奇又想隱藏的表情，看得潼兒忍不住噗哧的笑了。

「我是來找一顆珠子的。對了！歲泫，最近這裡有什麼異象嗎？」

「異象？」歲泫一臉不解的反問，芙蓉口中的珠子他可以理解為某種寶物，但這和異象有什麼關係呢？

「應該沒有吧……」芙蓉自己做了一個結論，避水珠要是在這裡發動的話，恐怕早就出現旱情了，現在什麼都感覺不到，說不定雷震子大哥是記錯了地點，珠子根本就不是在這附近弄丟的。不然，最壞的打算就是避水珠被普通人撿到以後，當作是什麼擺設收了起來。如果真是這樣的話，就如同大海撈針了，要是被人當裝飾品賣掉可就變成下落不明，沒辦法找回來了。

其實辦法不是沒有，避水珠是屬於水晶宮管理的寶貝，要是向水晶宮求助一定有辦法，但這樣做的話，雷震子弄丟避水珠的事就會曝光……

敢弄丟水晶宮的東西，後患無窮呀！

「那是怎麼樣的珠子？也許我可以拜託此認識的店家找找看。」雖然葳泫也覺得這個提議不一定有用，但他想出份力幫上忙。

「那應該是顆透明的藍珠子，如果真的有店家藏起來就好了。」

芙蓉比了比半個手掌大的尺寸，以她所知一般的避水珠就是這種大小，再大一點的水晶宮不會願意借出；即使願意，收取的費用也一定很駭人，雷震子大哥是不可能捨得花大錢的，而且他也沒有那麼多的錢。

「藍色的透明珠子？世上竟然有這麼大的琉璃珠？」

芙蓉比出來的尺寸讓葳泫嚇傻了眼，他還以為她找的會是些一指節左右寬的珠子，半個手掌大的琉璃珠即使不是仙人的寶貝，也是很珍貴的東西了。

「說是琉璃珠也是可以啦！明天葳泫再帶我們去那些珍寶店看看吧！」

「芙蓉，我們明天不上山了？」本以為得天天爬山的潼兒聽到明天的行程安排在城內，不禁在心裡歡呼。

「潼兒你的嘴角出賣你了。找東西是急不來的，我們先在城裡邊找邊休息吧！」芙蓉一手扠著腰、一手戳向潼兒的臉頰，這小子的心思她早就看穿了。

※　※　※

歲泫找的客棧規模雖然比較小，但價格合理，環境也很舒適。

累了一天的潼兒，吃飽飯後洗了個澡就爬上床睡得像豬一樣。他一向習慣早起，難得一睡就是睡到日上三竿，當他爬起來揉了揉眼睛正想去找店小二送水來時，卻發現臉盆裡已經打好了水，和他同住一個房間的歲泫正在角落做手工，一丁點的時間都沒浪費。

桌子上已經放了一堆結好的繩結，看來歲泫已經起來很久了。

看著隻身一人靜靜幹活的歲泫，潼兒很自然的想起了歐陽子穆。潼兒知道他家曾遭巨變，有時候潼兒會想，在那之後他是不是每天天未亮就起來一個人靜靜的讀書？

「呀！我吵到你了嗎？」歲泫不好意思的把那堆繩結一把掃回他的包袱中，賺零錢的小手工被看見讓他怪不好意思的。

「沒有，我也完全睡過頭了。」潼兒更覺得不好意思，太陽都已經曬進屋來了，自己竟然睡到這麼晚。

潼兒說完，快速的梳洗，把自己打理好後走到歲泫的身邊坐下，拿起一個他做到一半的繩結。

「這裡改變一下會變成別的花樣，崑崙的女仙們都很喜歡，想必在凡間也會很受歡迎吧？」

潼兒把繩結弄了幾下變成別個樣子後，遞給歲泫，後者愣愣的睜大眼睛看著成品，嘴巴都能塞下一顆雞蛋了。

歲泫看著手上精緻的繩結，不敢想像用同樣的材料和那麼簡單的手法可以結成這樣的東西，這小小的改變已足以讓他能賺多一倍的收入了。

歲泫激動得眼泛淚光，一副要跪下多謝潼兒大恩大德的模樣，嚇得潼兒差點就逃出房間去了。

芙蓉推開門時就看到這詭異的畫面，沒敲門是她不對，但她也是好心趕著送早餐來，她手上正抱著一個油紙袋，裡面放的都是熱騰騰的蒸包子。

「吃過東西以後我們就開始今天的行程了！」舉起拿著咬過一口包子的手，芙蓉宣布道。

在一個城市之中找一顆小小的珠子，就像叫人在森林中找一棵特定的樹同樣困難。走在曲漩城內最繁華、最多店家的街上，芙蓉看著歲泫挨家挨戶的向那些賣珠寶首飾的掌櫃詢問，但半天下來成果全無。

挑了家茶館歇腳，芙蓉給自己點了喜歡的甜點心，一邊咬著、一邊煩惱接下來該怎麼辦。她想像中的完美發展完全落空，尋找失物的事陷入無從入手的情況，雖說在曲漩城找不到避水珠，仙石也會袋袋平安，但她卻會覺得受之有愧。

一定要想辦法才行！

「那顆珠子不在店面，可能是那些大戶人家收起來也說不定，曲漩這裡有不少商賈之家，雖不至富可敵國，但財富也積累了不少。」堅持不用吃點心的歲泫以他對曲漩城的認識提出意見，住在山裡的他為了生計，在城裡到處打零工才知道這麼多的。

「如果說有人要高價收購一顆珠子，那些有錢人家會把藏起來的東西乖乖拿出來嗎？」芙蓉本著三個臭皮匠能勝過諸葛亮的至理名言，現在她和潼兒再加上歲泫就有三個人了，一定能想得出辦法的。

三人不約而同抱臂沉思，一會兒後又同時抬起頭互相交換了一記眼神。

「這是沒有辦法中的辦法。歲泫你能去發消息嗎？」

歲泫點點頭，還說現在就去找那些打工時認識的店鋪老闆，透過他們的嘴把消息傳出去比較快。於是，說了讓芙蓉和潼兒坐著喝茶等一會兒，他就跑掉了。

「我開始懷疑避水珠根本就不是掉在這裡了。」潼兒一邊剝著花生、一邊說。如果換了是他，一定會勸雷震子大人向水晶宮坦白從寬，可惜事情輪不到他作主。

「我也懷疑是這樣。」

「那些有錢人家真的會把家裡的珠子翻出來嗎？」潼兒疑惑的問，他知道芙蓉也給不了答案，只是這個方法感覺也太渺茫了。

「難說！除非那是個到了嚴重程度的財迷！不然哪會把收在庫房裡的寶貝拿出來換錢呢？」

「唉……」

「難道要逐家叩門讓他們給我看看庫房嗎？」芙蓉一手支著頭，說完第一秒自己也覺得這辦法可笑，但再細想一下她就眼前一亮了。

她要看哪需要叩門！隱了身大搖大擺走進去看也可以呀！

※　※　※

曲漩城最大的街道上有一間金碧輝煌的古玩珍寶店，掛在正門上的巨大漆金牌匾以凌厲狂傲的筆觸寫上「珍寶閣」三字，先不說這家店的主人有膽子用這麼張狂的字體作招牌，以珍寶閣三字作店名可見其自信，放在店裡的東西哪怕有一個被指名不副實也就被人拆招牌了。

能以這三字作為店名，顧名思義這裡是聚集了世間珍寶販售的地方。各式名家的字畫、古董、珠寶，有時候甚至連珍禽異獸都在賣。

今天曲漩城分號準備迎接一位貴人，只見珍寶閣掌櫃一大早就讓人把店裡上上下下小心翼翼的打掃得一塵不染，全部伙計的衣著都小心的整理得沒有一絲皺摺，然後一字排開在門前恭候貴人到來。

午後，當這位華貴非常的貴客來到珍寶閣門前時，街上的人差點以為自己遇到了什麼王公貴冑。雖然這位貴客只帶了一個老人出現，而且沒有馬也沒有轎子，他們就無聲般的出現在大街上，即使少了尾隨的侍從，看見他的人都會認為他那身打扮還有氣質是曲漩城中各大老爺望塵莫及的。

「最近的營業額怎麼樣？」

華服青年踩著自信高傲的步伐踏進珍寶閣，四周向他投來的視線他一概視而不見，也沒興趣理會這些人的好奇。

被掌櫃以最嚴謹恭敬的態度請到內堂上座，奉上的茶用的是媲美皇宮中的貢品茶葉，青年甫落坐立即切入正題，免卻了那些無謂的寒暄。

掌櫃立即以最快的速度奉上帳簿，靜待青年一一檢視。

「不錯，以這種小地方有這樣的營業額，算是令人滿意的成績。」良久，有著纖長手指的青年把帳本合上，發表了評價。

能讓青年說上滿意二字已經讓掌櫃鬆了好大的一口氣，要是剛才青年的眉頭哪怕皺上一下，他的心也會被提得高高的。要是這樣的話，掌櫃要擔心的就不是青年嘴中還會不會說出滿意的字眼，而是收拾包袱走路後自己可以找誰收留了。

現在得到正面的評語，掌櫃才感覺到自己的背早已經被汗濡濕了。

「六皇子殿下過獎，這是卑職應該的。」

「凡間人多嘴雜，記得改口。」因為看到有不錯盈餘的帳本而心情大好，被掌櫃恭敬的稱為六皇子的青年只是稍微提點而沒有斥責；要是情況相反，恐怕就是提頭謝罪也不能饒恕了。

「之前讓你留意的事，有什麼結果嗎？」

隨手把帳本扔回手邊的茶桌等下人收拾，青年正眼也沒看向低著頭的掌櫃，同樣的掌櫃也不敢看向青年的眼睛，那是一雙會讓人不自覺想避開視線的凌厲眼瞳。

「回六公子的話，卑職已讓下人打探，暫時在曲漩城沒有相關的情報，卑職會繼續留意的。」

「嗯。先沒你的事，下去吧！」

「領命。」

掌櫃小心翼翼的退了出內堂，留下青年在裡面繼續翻看餘下的帳本。

這就是他們珍寶閣主子們的特性——無論是誰來，或是因別的事情過來也好，只要他們沒看完所有的帳本，他們就不會放下帳目不理，不一而再、再而三的欣賞那些盈餘的數字，他們是不會罷休的。

掌櫃再一次見到這位六公子已經是快三個時辰後的事，天都已經快要黑了，這位六公子才從內堂出來。掌櫃早已讓人到最好的酒樓訂了位子，時間也一延再延。當掌櫃陪同青年和他身邊的老人走進酒樓的一刻，青年突然轉身看向街道的盡頭。

他就停在酒樓門口，定睛看著大街一端。他不動，掌櫃也不敢先行。

「六公子？」

「沒事，似乎看到熟人了。」

微微的扯了一下嘴角，青年的反應不像是驚喜反而像是困惑，但他心裡的想法到底是怎樣的掌櫃不敢問。

同一時間，大街的另一端也有人察覺到了什麼。

街上除了豪華的酒樓之外，還有幾家知名的糕點店。對於只吃素菜的芙蓉一行人來說，上酒樓吃飯並不是指定動作，即使去了，三人中必須吃東西的歲泫仍是會堅持只點最便宜的陽春麵，這樣吃得不痛不快，他們不如找小店吃一下就好。

好不容易在等上大半時辰買到了新鮮熱呼呼的糕點，潼兒本以為芙蓉會急不可待的大快朵頤，怎料她卻抱著點心一臉疑惑的看著大街盡頭，她的表情明白的告訴潼兒不會有什麼好事。

「潼兒，我好像看到了吝嗇鬼家族的成員。」收回視線，芙蓉現在的表情就像債主臨門，需要立即商討逃亡大計般凝重。

「不會吧？芙……芙蓉，他們不會是已經知道避水珠弄丟了吧？」潼兒也驚訝的摀住嘴，覺得要大難臨頭了。

「我不太確定，我沒有感覺到他們的靈氣，但卻看到一個眼熟的人。他們不是數仙石數得悶

「芙蓉，被他們聽到會說妳誹謗，跟妳要賠償費的。」

「他們又聽不到。再說，說不定是我眼花看錯，找顆避水珠還用不到他們這些主子級的親自下來，隨便找幾個蝦兵蟹將就足夠了。」

雖然芙蓉這樣說，但潼兒仍有些不放心，隱藏氣息的法術有很多，芙蓉沒有感覺到屬於他們的靈氣不代表他們真的沒來。萬一他們真的為了避水珠前來，而自己三人還在慢慢等著城內富豪的消息，太坐以待斃了！

「為了以防萬一，我決定今天晚上開始實行我的大計。」芙蓉本還打算先等歲泫那邊的消息，但既然看到疑似吝嗇鬼家族的人，她心裡的那個計畫必須付諸行動了。還好她已經悄悄的準備好了曲漩城富戶分布圖。

「等等！芙蓉妳到底想做什麼？」從芙蓉的不軌笑容中推測到她一定有什麼不好的主意，為了自己的生命安全，潼兒覺得自己一定要問得清清楚楚。

要是他沒阻止芙蓉鹵莽行事，他事後要怎樣跟東王公解釋？潼兒認為他們在跑出來的那一刻，東王公已經知道了，他雖然沒說過不准他們離開京城，但是沒說可以闖禍呀！潼兒覺得自己陷入下凡後一個人生交叉點，但這時候偏偏身邊一個可以商量的人也沒有……

「你想太多了。」芙蓉伸手彈了潼兒的額頭一下，她被塗山彈得多了，現在大好機會不彈一下潼兒真是對不起自己。「我說連三哥哥都知道我們來了曲漩，我們跑出來的事，在仙界應該已是茶餘飯後的話題了吧？說不定私下連賭局也有，你還擔心什麼？」

「賭局？」

「大概是賭我們會不會把曲漩城弄翻天吧？」芙蓉很不負責任的說。太認真看待這些無聊仙人們的打賭，會令自己壓力過大，雖然自己是當事人，最好也當說笑話聽聽就好。

「怎麼這樣……」潼兒感到一股無力感，雖然想反駁一下說仙人們其實都很敬業樂業，但無法反駁的是仙人們同時也是時間太多、很無聊的一群，絕對有可能開賭局的。

在潼兒的想像中，東華臺上的小仙童們可能已經開了一個他能不能活著回去的賭局了。

「不！等等！芙蓉妳別岔開話題，到底妳有什麼打算！」潼兒一驚的回過神，差一點就被芙蓉蒙混過去了。

「等回客棧再說給你聽。對了，歲泫還沒回來嗎？」芙蓉不肯現在說，她知道說出來潼兒一定會反對，所以她要等月黑風高時再說，一說完她就出發，免得潼兒在她耳邊唸著危險什麼的。

「還沒有……等等，妳這又是要去哪裡了？」潼兒才說了半句，芙蓉就拉著他往前走了。

「剛才路過那邊的藥材店，看到一些這裡的特產，雖然京城也找得到，但在這裡買比較新鮮，反正要等歲泫，我們去看一下吧！」

潼兒嘴角抽了抽，出門在外她也不忘為她的藥庫添加新品，不會是晚上在客棧沒事幹，她就在房間裡熬奇怪的藥吧？

「放心，炸過李崇禮正苑的屋子兩次後，我不敢再在人煙稠密的地方嘗試煉丹了，再說我已經赤字，要是手上最後一個備用的丹爐也炸了，就真是一個存貨都沒有了，我會小心行事的。」芙蓉哪會不知道潼兒一定會在心裡吐糟她，她也有從失敗的經驗中成長，學乖了一點點的！

隨即，芙蓉把手上的糕點袋子塞到潼兒手上，空出兩隻手打算血拚。

※　※　※

不提芙蓉的滿載而歸，回到客棧的三人把所有包子、糕點清掃一空。杯盤狼籍後，潼兒沒忘記向芙蓉詢問她的計畫，然後潼兒一邊聽一邊的怪叫。

「這太危險了吧！再說隱身法術不是用來做這種偷雞摸狗的事的！」

「潼兒這樣說就不對了，我只是去看看又不打算做什麼，算不上偷雞摸狗吧？你說對不對？」

芙蓉把問題扔到歲泫身上，可憐他根本不知道要附和還是反對的好。

一個擁有正常認知的人，自然知道沒得到主人家同意而闖入當然不對。但歲泫知道的一點就是——無論他回答什麼，其實早就決定行動的芙蓉姑姑是不會因為他的一句話便打消計畫。

「歲泫的表情告訴我他同意，二對一，潼兒你沒話說了吧！」

「姑姑這樣做總有妳的道理，我也覺得姑姑除了查看之外不會做什麼的。」芙蓉都這樣說了，歲泫只好點頭，何況他也真的是這樣想的。

「雖然我該感到高興，不過我說你是不是太容易相信人了？我們兩個可能是作惡多端的妖怪假扮的，我們說什麼你就信？」芙蓉實在是太少看到這麼沒防備的人了，歲泫無防備的信任令她有點不放心。

攤出手掌數著手指頭，東王公和李崇禮這兩個極度相似的人，是永遠無法猜透在想什麼的類型；塗山是狐狸精，更不用說心裡最多的就是詭詐點子；數到歐陽子穆，雖然是普通人，但他能站在王府總管們之上的頂端也不會是一般人物。

這樣數一數，已經有四個不單純的人了，把葳泫放在這些人的身邊，實在給人有種把羊寶寶扔到狼群堆的感覺。

「如果姑姑妳是妖怪，把我吃了也沒辦法從我身上得到什麼，也是得不償失吧？」

「被妖怪吃掉會魂飛魄散的哦！」芙蓉瞇起眼睛裝出一副帶著危險氛圍的表情，因為和她原本的形象相差太遠，成效不彰之餘還令人發笑。

「但是姑姑，我只是個普通人，遇上山賊也只有舉手投降的分，遇上妖怪我也沒能力反抗呢！」葳泫一臉已經認真思考過的表情，對於自己現在是跟在仙人身邊還是妖怪身邊似乎並不在乎，還配上一個帶些傻氣的笑容。

芙蓉無言的看著這個剛認識的青年，說不定他這種樂天知命、隨遇而安的個性，真的很適合修行之路，他才是真真正正該走上靈媒……不，是道士之路的最佳人選呀！

第五章 摸黑、夜襲！

晚上的潛入行動悄悄展開，這天晚上天空鋪著一層淺淺的烏雲，月色像是被黑紗遮住似的只剩下一片朦朧，讓漆黑一片的街道再添上了幾分深沉。

月黑風高殺人夜，就是形容這種夜晚最佳的話語。

夜色深沉除了方便殺手活動，還方便了宵小摸黑行竊。為了提高投入感，即使有隱身術，芙蓉還是準備了一套暗色衣服，而她在街上飛過幾條街時，已經發現了好幾個小偷。

本著助人為快樂之本的好女仙原則，芙蓉不客氣的把那幾個宵小之徒施了定身術擱在原地，他們有的正在翻牆，有的正在落跑，背上都揹著大包的金銀，相信等會兒更夫報時路過之際，就會發現並報官了。

芙蓉手上拿著一份曲漩城大小富豪的名單，這東西是她對土地爺花費了無數脣舌功夫才得來的，從一開始撒嬌到裝哭，把土地爺搞得不知所措，然後這份名單就被芙蓉拿到手了。

一張單子看下來，著實令芙蓉對這個地方另眼相看，一個只算中等的縣城竟然集合了這麼多的商賈富戶，即使商賈的總數和京城無法相比，但這裡並畢竟也只算是鄉下，既不是交通樞紐，又不是軍事要地，再說風光明媚的觀光之地比這裡多的是。

芙蓉在京城接觸到的以官宦之家為多，寧王府所在的內城範圍住的就是這些人，平日打交道的

也是這些人家，爬上王府屋頂一眼看過去不是皇親國戚就是達官貴人的府第，這些人的家不是氣派豪華就是走清雅脫俗的風格，一般商家沒法可比。

真的要找有看頭的商家，也只能去找皇商們的府第，但是誰敢把府第裝飾得比皇親們的宅子更豪華？不怕被多徵幾分稅嗎？所以芙蓉認為這些府第再好看，都沒皇宮好看。再說了，她是仙界下來的，凡間的建築難道會比天宮漂亮嗎？

論寶庫，芙蓉認為凡間沒有一個寶庫能及得上天宮的收藏珍稀名貴。

不過下凡後，看慣了李崇禮府中那個藥材多於一切的庫房，現在看到這些商家屯積家財的寶庫，芙蓉也有一些大開眼界的感覺。當中有些東西和寧王府放在客廳陳列的擺設是差不多等級，不過這些古玩或字畫，芙蓉看過一眼就算了。

從陳府、方府、歐陽府順路一家家的逛下來，芙蓉只找到幾顆拇指般大的夜明珠，又或是一指節大的珍珠，這些東西在一般商家中已經很貴重了，但她要的不是這些。

大珍珠倒是有把芙蓉的注意力抓住一些，但她不是覺得驚豔，而是在思考把它們磨成珍珠末的話能吃多久，功效又是否比一般大小的珍珠來得好。她會不合時宜的想這麼多，說起來是因為珍珠不是用種的，一顆顆原珠也不會和藥材放在一起，芙蓉都忘記了還有這一味材料可以入藥，不然她之前早就天天給李崇禮吃下去好安神壓驚。

芙蓉坐在某家屋頂上稍微休息一下，頂著朦朧不清的月光一邊看著下單子上一個目的地，一邊晃著腳，然後大大的嘆了口氣。

來到曲漩這個人口比京城少得多的地方，沒了那層架設在寧王府外的結界，芙蓉還是會覺得渾身不自在。她始終不喜歡人太多的地方，四周的靈氣雜七雜八什麼都有。芙蓉知道待在寧王府正苑的日子是很好過，但是那樣就完全沒有苦頭吃，根本算不上是歷練，連李崇禮都有把她保護過度的傾向了。

回想一下她每次出門逛街回來以後，李崇禮好像都會忙上一陣子，那時候歐陽子穆看她的眼神最恐怖了。

芙蓉嘆了口氣，把富戶名單收起來，再摸出一本厚重的仙界寶貝百科大全。她剛下凡時帶的只有九天玄女在踢她下來時大方給的兩本自救手冊，現在手上這本專業資料書，是姬英事件後東王公讓人送來的。

除了工作還債，芙蓉下凡還有一個名目是歷練，加上潼兒也來了，所以之前難得下凡一次的東王公回去以後，就讓人把一些參考書目送了下來，當中古靈精怪什麼類型都有。

這些書的共通點是在凡間大都用不著，但將來兩人回仙界後一定用得上，而且類型是芙蓉和潼兒會感興趣主動去看的。

像是芙蓉收在百寶袋的這一本，把一般仙界寶貝資料全都羅列在內，雖說是沒記錄典藏級的寶貝在裡面，但為了避免弄丟，這類內容被敵人知道會很麻煩的東西只能讓有許可的人查看，而設定限制的麻煩法術正是東王公最擅長的。芙蓉手上這本書，東王公就親自下了只有芙蓉和潼兒能看的限制。

「我看看……」芙蓉翻開目錄找到避水珠這一頁。

在仙界，避水珠不算太名貴，但也很少仙人擁有，因為它是水晶宮的特產，產量都被那些貪錢怪嚴格控制著。

凡間傳說水晶宮在海底，裡面住有龍王，這說法也不能說是錯的。事實上，河川、湖泊、還有海底，的確有龍宮，也有龍王，不過那只是個別水域的管理者，他們頭上還有頂頭上司。這位頂頭上司才是真正的龍皇，他的宮殿才叫真正的水晶宮。

最重要的一點是，真正的水晶宮並非位於凡間的海洋，而是在仙界水域，隸屬於天宮管轄。那裡除了是龍皇的宮殿外，水晶宮更是仙界有名的景點和遊樂地。

華美的宮殿，還有仙界水域出產的天材地寶，令那裡遊人不絕，不過入場費很貴就是了。

芙蓉住在天宮時有跟著其他仙人去玩過一次，進入水晶宮指定水域有入場費，如果要參觀水晶宮的宮殿內部則要另外計費。芙蓉當時算過，光是逛一趟就差不多讓自己的全部財產見底了。

所以，對於水晶宮出來的仙人，不論魚蝦蟹還是龍皇一家，芙蓉都已經認定全都是貪錢又吝嗇的，連龍皇的宮殿也可以為了仙石而開放，她這樣一個小女仙都覺得有損龍皇顏面，偏偏水晶宮的主人似乎不痛不癢，大概看著仙石增多就能滋潤他的心情吧？

同樣，只要付得起仙石，想要借用屬於水晶宮出產的寶貝也是可能的事，這次雷震子弄不見的避水珠就是這樣借來的。借是可以，但同時伴隨著代價，除了借用要付錢，借用條款上列明的遺失賠償金更可怕，所以雷震子才會悄悄的找在凡間的芙蓉幫忙。

芙蓉低頭一想，說不定雷震子大哥找她幫忙就是天大的錯誤，讓她行動等於間接通知整個仙界他把避水珠弄丟了。

無奈的嘆了口氣，芙蓉心想，現在仙界也有夜貓子在關注著她吧？這些出於關心的舉動雖然有些被人偷窺的成分在，但芙蓉知道他們有分寸，便也沒說什麼，她知道自己的確還無法讓他們安心放手。

像姬英事件中，單是孫明尚化身成的鬼魔都快把她打趴，那次戰鬥得到的經驗也不足夠讓她的實力來個大躍進，只能慢慢修行了。

「百科大全也沒有寫避水珠有自行消除氣息的功能呀？難道真的不在曲漩城了？」

芙蓉翻來翻去，在百科全書中就只有一頁寫著避水珠的資料——透明的藍色珠子從手指節大到像人頭般大的都有，使用時會視珠子的等級做出大小不一的隔水空間，是旱鴨子仙人最愛借用的寶貝。

光是看百科全書上的介紹，避水珠真的是很普通的道具，不過凡事也看使用者的手段，在天宮九龍池邊，芙蓉就看過用避水珠協助設下的法術，但是她發現後並沒有告訴過別人。

所以，避水珠一定還有別的用途是她還不知道的吧？

把已經沒用的百科全書收了起來，芙蓉苦惱的想著感覺不到避水珠的可能性。

雷震子大哥既然信誓旦旦的說珠子掉在這附近，應該不會是作弄她的，她只有從外來因素方面考慮珠子被外力遮蔽了本身的靈氣，但這樣的話，可能性就多了很多。

「唉，難怪凡間俗語說受人錢財替人消災，這還真是讓人苦惱的事。」

沒有廟宇供奉自己的芙蓉沒有需要回應的許願，所以甚少體會那種受了香火要做點什麼的心情，不把賣人參和還債的事計算在內，雷震子給報酬讓芙蓉去找避水珠的這種工作委託，是芙蓉第一次遇上的。

面對第一次主動找上門的生意，雖說對方是有些許補償的意思在內，她也是雄心壯志決心要把事情辦好的，等辦好了她才能再次享受無事一身輕的感覺呀！

她一定辦得到的！不就是找一顆丟失的珠子嘛！下凡這麼久了她應該好好表現。她希望這是大步往前的重要一步，要是成功了，仙界那些愛操心的也能稍微多放心一點吧？雖然她出師不利，現在搜索進度已經觸礁了……

「還是先把餘下的人家先搜了再說。」

想來想去都沒有頭緒，芙蓉也只有先把手邊能用的方法全都試一遍，還是沒成果的話，再想其他辦法好了。

按著名單逐家逐戶的搜索，除了富戶的自宅外，就是一些買賣貴重品的店家。一家家的掃下來，芙蓉眼睛看得差不多都麻木了。

「希望這家會中籤吧！」

芙蓉搥了搥肩又伸了個腰，拍著臉頰要自己打起精神後，又潛進了一家店的後門。隱身的她肆無忌憚的穿牆過戶，不消一會兒已經走到這家店的寶庫之內。芙蓉站在寶庫靠門口的位置，目瞪口呆的看著一列列仔細標上了分類牌子的木架，這種陣仗她在曲漩是第一次看見。

曲漩有錢人是不少，但沒有一家整理得這麼仔細，這分類的精細度都比得上寧王府的了。

這裡的老闆難道是斂財高手？芙蓉有點納悶，心裡不禁有些異樣的不安，自己好像發現了什麼不妙的真相似的。順著架子看過去，一些別人當成是傳家之寶的東西在這裡隨便的放在外圍，芙蓉不禁回想剛才潛進來的時候沒看到守衛有多嚴密，簡直就是隨便翻過牆就能進來了。

這裡連一隻看門狗也沒有養呀！

雖然目標是找珠子，但這裡的收藏品也確實讓芙蓉開了一次眼界，連京城少見的紅珊瑚也看到幾株。紅珊瑚這種東西在李崇禮的王府只有那麼一株小的，而這裡竟然有複數的存貨！

不過似乎是太貴重、有價無市，在曲漩城買得起這些珍品的人不多吧？

一架子、一架子珍品的看，東西也越來越名貴，當芙蓉來到這寶庫中央，正想著放最中間的會是什麼珍品時，才繞過架子的她立即反射性的閃了回去，驚得抖著雙手掩著自己的嘴巴。

她的臉色不是剎白而是發青，她不禁埋怨自己原來一早已踏入危險範圍卻一無所覺，還愜意的參觀了這麼久！

今天她在大街上果然沒看錯！為什麼會這樣！

芙蓉在心裡悲壯的吶喊，她不甘心呀！

趁對方沒有行動時逃走？已經太遲了吧？芙蓉知道在自己看到對方的那一刻，就已經被發現了吧……不！以吝嗇鬼家族成員對財富的重視，說不定即使她有用隱身術也沒用，應該從一開始踏進寶庫時，她就被發現了！

才短短一瞬間，芙蓉已經汗流浹背了，不過全是冷汗造成的……

寶庫正中央被人刻意空出一個方方正正的空間，那裡放了一張極高級的紅木雕花雲紋架子床，床架四邊掛著上等質料的月光紗，芙蓉一眼就認出這料子不是凡間出品，而是崑崙女仙們最愛用的四大料子之一，這東西可不便宜，女仙們用來造衣服也嫌不捨，這裡竟然拿來當床紗用！

床紗之後傳來了一記響指，寶庫內的無數燭臺無聲亮起，床紗也自動掀了開來，床上的人清楚的被光線映照出來。

芙蓉瞬即非禮勿視的把眼睛遮住。她承認自己不是沒試過在李崇禮臥床時跑去他的寢室，也看過只穿單衣的李崇禮不少遍，但好歹李崇禮是穿著衣服的！現在豪華架子床上的男人明顯沒有穿衣服睡覺的好習慣，也或許是他的睡相太過惡劣睡到衣服都掉了？總之，芙蓉剛才好像看到一個疑似沒穿衣服的胸膛，絕對要洗眼睛了。

洗眼還算小事，她擔心的是會被討上一筆觀賞費。

遮住眼睛躲在架子後的芙蓉只聽得見聲音，早已醒來坐在床上的男人先是懶洋洋的打理一頭鬈曲長髮，好一會兒才打了個呵欠套回長單衣。

布料的細碎聲音在靜默的寶庫中徐徐響起，當聲音變成腳步聲後，芙蓉全身皮膚都繃了起來，雞皮疙瘩也開始掉了。

越來越近！他走過來了！

芙蓉在心裡尖叫著，她很想把手臂上的雞皮疙瘩搓掉，但又不敢把遮眼睛的手放下來。很快的，一陣涼涼的氣息在她的身邊掠過，讓她反射性的打了個寒顫。

「真是稀客呢～深夜到訪有何貴幹？難道是想爬上為兄的床？」被吵醒的人雙手抱胸靠在一個架子上，因為身高差，他雙目微垂看著芙蓉的頭頂，聲音帶著輕蔑但又玩興十足的情緒，發言內容更是欠揍。

對於這番如此露骨及突破底線的調戲，還有那讓人牙癢癢的語調，使得芙蓉第一時間炸開了毛，非禮勿視瞬間已經被她忘記，順手的在架子上抄了個東西就往狂徒身上扔過去。

青年發出一聲低笑，抬手把扔到自己身上的東西穩穩接住，同時另一隻手一伸，把不斷掙扎的芙蓉從架子後拖了出來。

「鬼才爬你的床！」

「鬼來爬床的話，地府的那些也會跟著一起爬，妳不介意的話，為兄很樂意無償把床借給妳。」

把人帶到那張豪華大床前，青年從容的坐在床邊看向被抓包的芙蓉，她聽到青年偏要提她的死穴，目光很不友善的瞪著他。

在芙蓉面前自稱為兄裝熟的青年，正是水晶宮龍皇的六皇子敖瀟，他當然和芙蓉沒有一絲一毫的血緣關係，芙蓉自問他們之間的交情也沒有到達兄妹相稱的地步，所以芙蓉一直覺得他在佔自己便宜。

她才不想平白多一堆自來熟兄長管教自己，所以每次見到敖瀟，芙蓉都會忍不住和他鬥氣，個性高傲的敖瀟理應受不了才對，但偏偏每次相遇他都很有耐性陪她鬥嘴，即使內容很沒營養。

敖瀟就是芙蓉口中那個吝嗇又愛錢的家族一分子。敖氏一族愛錢，也很愛賺錢，更愛的是花錢！對於現在身上仍負巨債以及生意失敗的芙蓉來說，敖瀟這個帶著暴發戶氣質的傢伙簡直就是她的眼中釘、肉中刺！

看這個敖瀟多過分，他不會是找不到客棧睡覺吧？竟然把睡床放在放滿寶物的庫房之中，難道伸手摸不到仙石寶物或是睜眼看不不到金子仙石，他們就會失眠嗎？

芙蓉把自己當仇人看的樣子，讓水晶宮六皇子敖瀟心情似乎很愉悅的勾起一道微笑，他在床上拉了個靠墊半躺著，雙手很悠閒把一頭泛藍的長鬈髮隨意的綁成一條粗粗的麻花辮。

「不是想爬上為兄的床？這張紅木架子床是不錯的好東西，而且上面鋪的所有東西可比皇宮裡的好上不知多少倍，有沒有興趣？」

「我認為床能睡就已經足夠。」芙蓉冷靜小心的不讓自己被敖瀟牽著鼻子走，但她的嘴角仍是忍不住抽了抽，實在是問題太超出常態了。

如果說他質問她潛進來的目的還好，為什麼要一直強調他的床！她對用銀子和仙石堆砌的睡床沒興趣，不如把這些都換成仙石給她拿去還債更好！

「庶民就是不懂得享受。小芙蓉什麼時候才能長進？」

「可不可以別用那麼噁心的方式叫我？」芙蓉一臉為難，小芙蓉三字讓她一直打寒顫，她已經不是三歲了還被叫小芙蓉，她會很難為情。

「為兄覺得叫小芙蓉這樣挺好的，很可愛不是嗎？有機會小芙蓉來水晶宮小住一下，讓妳感受一下什麼叫享受。」敖瀟一臉高高在上的無視芙蓉的意願，還順便再多踩負債女仙兩腳，他想叫一個赤字中的女仙怎樣享受？

芙蓉額角先冒起一個青筋，接著她勾起一道甜笑，不過在跳動的青筋下給人嚴重的違和感，而她接著說出口的話，更出現一個讓人雞皮疙瘩掉滿地的名詞。

「我連水晶宮的入場費也付不起呢！小瀟瀟你不要開我的玩笑了。」

靜默了幾秒鐘，芙蓉一直保持著看似真誠的笑容，而這次換敖瀟額角冒了青筋，然後兩個人一起勾出相若的笑容呵呵笑著。

「妳剛才叫我什麼？」

滿臉笑容，語氣也如沐春風，但敖瀟身上散發出來的氣勢卻讓人覺得他問得咬牙切齒，並且嚴重得令人擔心要是他的牙齒不夠健康一定會咬斷的程度。

身為水晶宮龍皇血脈的敖瀟，個性高傲，對自己氣宇軒昂的外表也很有自信，他只接受別人用丰神俊朗來形容他，稱呼也該配合他的外型選個拉風的。那一聲小瀟瀟是怎麼一回事！他什麼時候批准別人這樣喚他了！

那三個字噁心極了！

「小瀟瀟你沒聽清楚嗎？」芙蓉故意裝可愛的歪了歪頭，有本事噁心她，就要有心理準備被噁心回去！她實在是太滿意敖瀟現在的表情了！誰叫他硬是要喚她小芙蓉，聽得她渾身不自在。

再一次的小瀟瀟讓敖瀟快要崩潰，這一刻他的表情已經開始扭曲掉了。

「再怎樣也該喚一聲瀟六哥吧？」敖瀟自認讓芙蓉喊一聲六哥很給面子了，但她偏要連名帶姓的叫他，現在還弄出個噁心的小名？真的好噁心。

「小瀟瀟就好！」就是要噁心死他！芙蓉十分堅持，沒有退讓的打算。

「芙蓉！」敖瀟生氣了，兩道劍眉高高挑起，一頭泛藍的鬈髮無風自動的飄起，一雙凌厲的藍眼瞪著芙蓉。可是，面對她故意擺出來天真無邪的笑容，敖瀟最後偏開臉嘖了一聲，先敗陣下來。

敖瀟對自己說這是好男不與女鬥的體現，不是他怕了芙蓉！

「怎樣？」芙蓉挑了挑眉，展現一個勝利的笑容。

她笑的同時，想著要扳回一城的敖瀟一樣笑得別有用心。

因為是在自己的地盤，敖瀟身上沒有任何障眼法或是偽裝，他那一雙冰色豎瞳彎了彎，那是肉食性猛獸盯著獵物般的眼神。

「說回正題，芙蓉妳潛進來是想做什麼？」回復原本的高傲神情，敖瀟決定要掐著這一點不放，他敢說以芙蓉的腦瓜子一定想不出什麼完美藉口，必定會落下話柄。

「我只是路過。」

「原來妳有半夜路過別人房間的興趣。」習慣性的嘴角勾起一道嘲諷似的笑容，敖瀟思索著睡眠被打擾的自己要求入侵者怎樣賠償比較好。

「沒事的話我路過完了。再見。」芙蓉深呼吸了一口氣，現在不是口舌之爭的好時機，趁現在敖瀟什麼都沒說時她最好快逃。

「那不送了。」敖瀟意外的沒有阻止她，更一臉的和顏悅色說道：「天亮後為兄再去找妳，可不要想連夜逃走，不然所有費用我會跟玉皇要的。」

已經轉身的芙蓉停下了腳步，欲哭無淚的表情加上楚楚可憐的眼睛朝敖瀟發出一記求饒的眼神，可惜敖瀟裝作什麼都沒看見，還爬回他豪華大床的被窩中。

她只有自求多福了嗎？早知會遇上敖瀟，她一定會聽潼兒的話不實行這個夜潛行動的。

※　※　※

芙蓉順著留下的記號從原路回去，那些被定身術固定在街上的小偷們已經被抓走了，要衙門裡的那些大爺們大半夜勞動，這些小偷應該會被扒下一層皮吧？

雖然路程不長，但芙蓉不浪費時間的思考著敖瀟出現的原因。他是水晶宮六皇子，水晶宮沒大事給他做，天宮也不會忘記派差事給他的。敖瀟出現在這裡不可能是來凡間度假的，對於熱愛賺錢也愛享受的他們來說，凡間不會是個度假的好地方。

而為了雷震子弄丟一顆避水珠，也不可能派敖瀟出來。那麼敖瀟的出現，就包含了芙蓉暫時無法預測的危險性。

似乎這次的尋找避水珠之旅不太平靜。

芙蓉有些想要找人八卦一下敖瀟下凡的原因，但又猶豫著太八卦會惹得自己一身麻煩，要是自己能力應付得來也就算了，她不想把事情弄糟後麻煩別人救她。

思及此，芙蓉不自覺的伸手把掛在胸前的東陽藍石珮飾掏了出來，指尖輕輕的撫過上面的花紋。即使驟然失了她的體溫，她手上的東陽藍玉仍是散發著一股暖意。

芙蓉知道東王公在這玉珮上藏了不少的法術，這玉珮和潼兒的臂釧一樣，在危急關頭時能救他們一命。東王公從不說他藏了什麼法術，但不用說一定是很厲害的那種。芙蓉和潼兒甚至可以仗著擁有東王公給的寶貝而去大膽冒險，但要是芙蓉真的這樣做那就是任性了，即使有無敵的寶貝，她也不可以拉著潼兒去做太危險的事。

上次千鈞一髮被東王公救下，雖然事情的背後是九天玄女從中作梗，讓她處理超過她能力太多的任務，但誰能保證她不主動招惹麻煩，麻煩就不會找上門來？

像這次芙蓉只是想來找個失物賺點仙石，仙人弄丟寶貝也不是什麼新奇事，偏偏她就遇上不應該下凡來的水晶宮六皇子敖瀟！

世上哪有這麼巧合的事？芙蓉才不信這一切都是偶然。老天爺說不定是看不慣她太閒，主動安排事端給她了。

越想就越是覺得不妥，要自己主動點趨吉避凶才行！

第六章 水晶宮六殿下賺出差費？

芙蓉無聲的回到下榻的客棧，雖然敖瀟放話說天亮後會來找她，但事實上芙蓉離開時已經距離天亮不遠了。

時間緊迫，所以她沒有回自己的房間，而是直接走進潼兒和歲泫共用的客房。

芙蓉穿門而過，當她解除隱身法術走向床邊時，這輕微的腳步聲讓淺眠的歲泫驚醒，睡眼惺忪的他睜開眼看到房內多了一個黑影時差點大叫有賊。

歲泫的警覺性是好的，發現有人闖入所以反應起來也沒有不對。但以目前的情況來看，這警覺性卻害慘了他。歲泫才張開口，芙蓉已經先下手為強的對他下了定身法術，而且還把他的聲音都消掉了。

定身法術，芙蓉被別人下的多，現在換她對別人施法，她真有一種很爽的感覺。先把被定身的歲泫擱在一邊，芙蓉筆直的走到潼兒的床前伸手拍他，似乎很累的潼兒迷迷糊糊的睜開眼，明顯還沒意識到是芙蓉叫他。

「潼兒快起來！」芙蓉抓住潼兒的肩膀大力的搖了兩下，見他還是沒清醒，她直接掐住他的鼻子，讓潼兒發出快窒息般的悲鳴。

「救……救命啦！芙……芙蓉怎……怎麼了？」求救後才意識到可以用口呼吸的潼兒，覺得自

己好像在鬼門關前走了一圈，腦袋開始正常運作後他才看清芙蓉凝重的表情。

很久沒看到她這樣子，每次芙蓉有這種表情都是闖了禍，潼兒不禁也跟著板起一張認真凝重的表情，等著她把今次的禍事說出來。

「敖瀟來了！」

「欸？敖瀟？欸？六殿下的敖瀟？」

潼兒想了一下，才翻找出記憶中有關敖瀟這個人的資料。

在潼兒的記憶中，水晶宮六皇子敖瀟在眾位龍皇太子中，是較為熱愛串門子的一位，畢竟一整個敖氏家族除了愛錢這一點是公認的特徵以外，他們每一個的個性也很高傲，敖瀟已經是當中算是友善好相處的一個了。

「就是他！他出現在這裡太不尋常了，所以我們快走吧！在他找上門之前，我們要轉移陣地了！」芙蓉焦急的說，她一定要趕在太陽完全升起前逃逸，不然敖瀟就會找上門，時間不夠了！

「難道避水珠的事已經被知道了？」潼兒連忙爬下床，臉也不洗就開始收拾行裝了。

「看他的態度不像是，但我們還是換客棧吧！歲泫呢？怎麼突然不見了？」芙蓉轉身想把被下了定身術的歲泫解放，卻發現人不見了。一個被下了法術的凡人，有什麼方法可以無聲無息的消失在他們面前？

「難道……」

在芙蓉和潼兒兩人一臉緊張又不安的對望時，房間外傳來了逐漸走近的腳步聲，很輕的、好像有什麼東西在地上拖行似的。

還有，空氣中的水分好像變多了。

芙蓉和潼兒不約而同的猛吞口水，他們心裡都想著白天不要說人、晚上不要說鬼，他們才剛說完要撤退，對方已經找上門來了！

這時候歲泫跑哪裡去已經不重要，那腳步聲已停在門外，隨著微微的兩下敲門聲，房間的門板被打開，一個矮小的人站在門後，雙手作揖的收在袖子裡。

「兩位打擾了。」

來人的態度很親切和藹，但不是芙蓉和潼兒預想會出現的人物。

「出……出現了！」

芙蓉和潼兒兩人猛地抱在一起，活像面前出現的是什麼可怕的怪物似的。

「兩位的反應真讓老朽受寵若驚。」

「為什麼龜丞相爺爺你會在這裡？」芙蓉認得門前的老人，這位在水晶宮也很出名，其重要性非比尋常，不過大家都因為他像是水晶宮的吉祥物多於其丞相的職責而關注，這樣的他不待在水晶宮，怎麼跑出來了？

「因為六殿下久未下凡，老朽才一起來的，過兩天也就回去了。」

「哦……」

面對真正打醬油路過的龜丞相，芙蓉和潼兒想不出自己能給什麼反應，對方的突然出現既令他們驚訝又不知所措，回過神時，龜丞相已經逕自進了房間，往客房中放著椅子茶几的角落走去。

隨著龜丞相的緩慢動作，芙蓉和潼兒才發現他們的房間中不知何時多了個大活人，而且還是一身穿戴豪華至極的人。

你怎麼會在這裡的？

芙蓉很想這樣問，因為她不應該沒有察覺到這麼高大的一個人竟然平白出現在房間之內。

敖瀟正一臉興致勃勃的看著仍被定身的歲泫，芙蓉則不可置信的打量著全身上下打扮豪華的敖瀟，她離開那個寶庫時，他不是爬回床上去睡懶覺的嗎？怎麼現在已經打扮得像天子出巡般出現在她面前？

還有，他是用什麼方法把氣息完全藏起來的？距離這麼近，根本就是不可能的事呀！即使不說靈氣，她和潼兒四隻眼睛不可能一起間歇失明，看不到他進來吧？

龜丞相緩緩的走到敖瀟身邊耳語了幾句，完成差事後龜丞相就離開了，留下敖瀟一個人在這個和他格格不入的客棧中。

芙蓉很快的發現敖瀟腰帶上掛著一串珠子，這東西芙蓉認得。在天宮還有崑崙那些被層層結界和法術隱藏起來的神秘地方，有不少用上這種寶珠布陣，它的正確名稱是什麼芙蓉不知道，但想必也是很珍貴的吧？

敖瀟變得氣息全無，可見這珠子有隔絕一切氣息的功用。

不請自來的客人似乎看夠了被定身的歲泫，一個響指，芙蓉下在歲泫身上的法術就被解除。正當芙蓉想問清楚敖瀟為什麼緊隨其後找上門來，敖瀟卻先一步遞上一張紙條，上面寫的正是芙蓉他們故意發消息給曲漩中的大戶大家說有人要收購寶珠的消息。

「這東西是你們弄出來的吧？」

敖瀟用下巴示意潼兒把紙條接過，待芙蓉和潼兒看過紙上的內容後，他勾起一個奸商般的笑容，讓芙蓉和潼兒下意識的打了個冷顫。

曲漩縣城中最近流傳的傳聞是這樣的，有位來自京城的貴客在重金搜羅寶珠，是一顆像寶石般閃耀而又像水一樣清晰透明的珠子。雖然這位貴客不願出面，但在曲漩城富戶之間已經打聽出近日有位身上帶著京城王府腰牌的貴人到來。

因為有證人證實了貴客是真實存在，雖然這位作證的官兵頭目害怕得罪貴人而不敢把芙蓉一行人的細節說出去，但既然知道有這樣的一位人物存在，這些富戶又怎不想好好利用？如果藉此機會攀上京城的權貴，那他們就可以從地方名流躍升，說不定有機會晉升成為京城名門。

這個消息在敖瀟踏入珍寶閣時，掌櫃已經上報過了，不過因為當時敖瀟比較在意帳本上的數字，對傳言只抱持觀望態度。

京城是天子腳下最繁華的中心，皇宮內更有數之不盡的珍寶，王府的人為何要特地跑來曲漩找一顆珠子？敖瀟最初只聯想到那個所謂的貴客是想尋找一些優良的淡水珍珠而已。再說，以他敖瀟是水晶宮六皇子的身分，凡間的皇族還入不了他的眼，京城那些權貴他也沒有興趣。不過，芙蓉剛好在曲漩的事和京城來了貴客重疊在一起，又另當別論。

芙蓉以京城寧王府為根據地在凡間工作抵債一事，仙界的大部分仙人都知道，隸屬天宮的水晶宮自然也不會在情報上落後他人，加上水晶宮的老龍皇常說兒子太多很想要女兒，千方百計的跟玉皇說著想邀請芙蓉到水晶宮小住，還用仙界水域出產的珍珠和水晶宮免入場費來引誘芙蓉去玩。

這種手段活像是要拐騙小孩子的金魚伯伯一樣，還沒傳到芙蓉耳裡就已經被玉皇徹底反對了。老龍皇喜歡芙蓉，但他底下那堆皇子不是每一個都樂見芙蓉到水晶宮住下。大家是有交情，但天宮和崑崙還沒完成的修葺工程，給眾位皇子過多的心理陰影。

所謂無事不登三寶殿，敖瀟既早已放話說不准芙蓉逃跑否則找玉皇索償，而他此時出現在這裡，自然有他的打算，不可能是路過順便進來喝茶的。

但敖瀟竟然說他是特地來請他們用早膳的。

敖氏家族的人有請客的習慣嗎？芙蓉和潼兒兩個知道內情的人，心裡不禁想起鴻門宴三個字。

……用餐是藉口，來堵人才是真的吧？

「歲泫，不好意思嚇到你了。」

以要梳洗為名把敖瀟趕出去後，芙蓉十分抱歉的走到歲泫前面鄭重的道歉，一來為了定身術的事，也為了突然跑出敖瀟這個人物的事。

「我沒事……姑姑。」

嘴上這樣說，但歲泫的臉色早就嚇得青白，仔細留意的話，不難發覺他整個人都在發抖。

芙蓉和潼兒一看就知道這是敖瀟的影響，在那位六皇子殿下的眼中，歲泫這種沒有錢的普通凡人的存在大概就跟螻蟻差不多，剛才敖瀟對歲泫產生的好奇只有很短的時間，他也不會想起要把自己身上帶著的威壓抑制。

直接面對敖瀟身上的威嚇而沒有一秒即昏，歲泫的表現已經值得一讚了。

「放心，要是你真的被他嚇昏了，我這裡有人參給你保命。」

「芙蓉，妳這樣說不就更令人擔心嗎？」潼兒比較實在，先泡了杯熱杯給歲泫定定神。

「我身上除了人參之外，找不到對現在的歲泫有用的東西。」

「我沒事的，請姑姑不要擔心。」歲泫試著安撫芙蓉和潼兒兩人，但隨即迎來令他們兩人更加擔心的臉。

「和六殿下一起會很有壓力，一起吃早飯壓力更大，聽說曾有仙人和他吃完飯後鬧胃痛鬧了好長一段時間。」雖然有點誇張，但空穴來風未必無因，潼兒可不認為自己是危言聳聽了。

潼兒沒有自信能不胃痛，跟芙蓉和敖瀟這兩個一見面大多數時間都鬥嘴的人一起用餐，從各個角度來看，都是挑戰腸胃健康的事。

「那個……我也要一起去嗎？」臉色仍發青的歲泫指了指自己，雖然敖瀟的身分芙蓉和潼兒仍沒說得很清楚，但一定是仙界的什麼大人物，他這個小小的凡人在大人物登場時自然是要退場的。

芙蓉和潼兒兩人不約而同眨了眨眼，看了看歲泫，再對視一眼後異口同聲的說——

「現在我們是三人組合，要同進退呀！」

※　※　※

早上，曲漩縣城中很多店家才剛開始一天的工作，城中最高檔的茶樓貴賓廂房中，已經先坐了一桌客人。

因為領頭的貴客一身華服加上傲視眾人的氣場，茶樓掌櫃不敢有一絲的怠慢，即使他在看到敖瀟前有抱怨過哪來這麼早上門的客人。

一行四人當中，歲泫是最不自在的一個，他長這麼大還沒進過這麼高級的地方，看到茶樓內的裝潢全都是用很貴的材料，那些易碎的裝飾品就放在隨手可碰的地方，要是手伸長一點都有可能會不小心打碎了什麼。別說那些高價的裝飾，哪怕只是一只杯子恐怕也是賣了他也不一定賠得起。

「事先聲明，我沒有錢的。」落坐之前，芙蓉鄭重其事的重申一次才坐下，店小二已經在她的面前放上香茗，不過她遲遲沒動手，在敖瀟再次表明說絕對是免錢之前，所有東西都是眼看手勿動最安全。誰知道會不會在她碰了一下杯子的時候，敖瀟就說要她買單！

「我也是……」潼兒也舉起手，另外一隻手悄悄的按著荷包，雖然李崇禮有給他銀兩，但他放在荷包裡的卻是歐陽子穆私下塞給他的盤纏。雖不是巨款，但他捨不得把這些錢亂花掉。

「呃……對不起，我站在一邊就好了。」身上翻不出幾個銅板的歲泫連坐也不敢坐，深怕自己會弄髒那鋪了繡花錦布的座椅似的。

「芙蓉，為兄有說要你們付錢嗎？一諾千金，為兄說過是請客就不會讓客人付一分錢！」挑起一雙劍眉，偽裝過還是有一絲藍色的眼睛像眼刀般掃到芙蓉三人身上。

芙蓉的話讓敖瀟覺得自己被侮辱了，他已經說了他請客還被質疑，就是不給他面子。

「說了要算數，不能反悔的呀！歲泫你也不要客氣，敖瀟說了請客，不用力吃就是不給他面子，所以放心坐下大吃特吃吧！」芙蓉確定這一頓不用錢後連忙朝歲泫朝手，她一雙眼中也閃著小小的不軌心思，她計畫叫多一些吃食，吃不完她就打包回去！反正敖瀟有的是錢！

「那個姑姑，這位敖公子的表情不像呀……」芙蓉的話一說完，歲泫立即感到兩道充滿冷意的視線鎖定在自己身上，忍住心底升騰而起的恐懼看了敖瀟一眼，那張冷臉根本不是願意讓人大吃大喝的好客嘴臉，對方好像在警告自己敢坐下就要宰了他似的，那雙眼睛讓歲泫覺得很可怕。

「想不到芙蓉妳的輩分提升了，竟然當上別人的姑姑了？」聽到歲泫對芙蓉的稱呼，敖瀟嘴角勾起一個怪異的笑，看歲泫這麼認真的喚芙蓉一聲姑姑實在有趣，那麼換算一下，這個叫歲泫的凡人該稱呼他什麼了？

「別笑話我，敖瀟你也不要打歲泫的主意，不准欺負他。」

「他既然不是我的目標客人，為兄對他自然沒有興趣。目前為兄的興趣是芙蓉妳。」

敖瀟語氣十分認真，一雙泛藍的眼睛全神貫注的看著芙蓉，讓她完全愣住不懂得反應了。她該做什麼反應才好？

視線對上的一刻就要決勝負的話，芙蓉早就輸了，她覺得自己變成了被蛇盯住的青蛙，根本動彈不得。彩色眼睛在仙人中不是少見，東王公就有一雙漂亮的紫藍色眸子，而她最怕的東嶽帝君也有一雙能凍死人的鐵色冷瞳，現在敖瀟的藍眼威力也不低。

芙蓉本來已經有點心虛，現在被敖瀟那種上位者的眼神盯著，她內心的心虛更是無限擴大了。

「敖瀟你這話有語病吧？哈哈……」她雖然是來幫雷震子大哥尋找丟失的避水珠，但也只是事後來幫忙而不是始作俑者，千萬不要把責任推到她頭上呀！

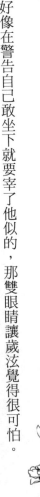

在凡間的生活，讓芙蓉在各方面都有著不錯的提升，但唯獨說謊的能力毫無改進，仍保持在光是一個表情就已經能出賣她真實想法的程度。

這一點，作為最落力教導芙蓉說謊的塗山也是嘖嘖稱奇，待在凡間這種像染缸般的複雜環境，先別說王府以外的複雜關係了，就算是寧王府裡下人們之間的勾心鬥角也不少見，待了這麼久芙蓉還是老樣子，她那雙招牌般的大眼睛永遠在第一時間出賣了她的心思。

芙蓉自然是瞞不過世故的敖瀟，但心裡另有打算的他沒有點破，即使他已經知道芙蓉出現在這裡的背後原因也會先裝作不知道，他不需要在這時候追根究柢。

「你們來曲漩是為了替寧王府找珍寶，還是芙蓉妳自己想要？水晶宮的珍寶閣可以代勞，價格也會適當的給點折扣！」敖瀟沒有立即切入正題，反而先帶著芙蓉繞圈子，把雙方氣氛弄得融洽點時再把重點提出來，比較容易達成目的。

到底是入世未深，芙蓉見敖瀟只是問及王府的事立即安心下來，大意到沒發現自己的反應已經洩露不少情報。她現在怎麼聽都覺得敖瀟突然到訪似是來找她談生意而已，不是找她算帳就好。少了幾分擔心，剛上桌的精緻素食也變得吸引人起來。

「怎麼珍寶閣會是水晶宮的產業？」無法對甜糕點說不的芙蓉給自己夾了一塊甜糕，如敖瀟所想的心情放鬆下來問起別的事情來了。

「一直都是呀！珍寶閣是水晶宮在凡間的根據地，為兄以為這件事在仙界是眾所周知的？」敖瀟不解的問，他們水晶宮在凡間開店已經不是一、兩年的事，在仙界他們也沒有刻意的隱瞞，反而很主動的跟會下凡出任務的仙人推銷。而且他們開店是天宮批准的。

「這裡有兩個不在那眾所周知範圍內的仙人。」芙蓉比了比自己和潼兒。

水晶宮合法的在凡間開店，這是什麼詭異的情況？天宮為什麼會默許？芙蓉左想右想也想不出原因，結果草率的自行斷定玉皇一定是收了水晶宮的好處，假公濟私了。

「這樣說……祈求風調雨順其實不應該去龍皇廟，應該去珍寶閣才對了？」潼兒忍不住小聲的說，跑到珍寶閣說不定還能巧遇來查帳的水晶宮成員，龍皇廟反而難找得到人呢！

「不！想要風調雨順還是得在龍皇廟多添香油才成。兩者性質不一樣。」敖瀟斬釘截鐵的說。說到底，他們就是不放過能增加收入的途徑。

「那敖瀟你特地下凡是為了查看斂財的成果？」

要是敖瀟說跑來凡間是為了大事，那芙蓉等會兒吃飽後便立即拉著潼兒和歲泫撤出曲漩，最多她先掏銀子修葺歲泫那間破道觀暫住一下。

沒有動過餐桌上的所有料理，敖瀟只是伸出手一握一放，一個套了錦套的奏本出現在他手上，接著遞向芙蓉要她自己看。

一向不喜歡官方文體的芙蓉匆匆一瞥，只認出那是一堆她都認識但湊起來難以理解的文字，反而旁邊的潼兒看出那是由水晶宮龍皇發出的御令。

將來會成為天官一分子的潼兒，回想過去學習過的內容，除了玉皇的敕令之外，從東華臺、崑崙、水晶宮等天宮以下的一方之主發出的御令如牽涉下凡等仙界門禁之事，都得先送交天宮請示，就像潼兒被東王公派遣下凡雖然是玉皇的主意，但程序上東王公也須先發御令給玉皇過目首肯。現在敖瀟有御令在手，那他來曲漩的真正目的不可能簡單了。

「為兄來曲漩，只不過是因為曲漩龍王有一段時間沒有向水晶宮回報，父皇派為兄過來看看而已。」

敖瀟的語氣就像在說今天天氣很好般的輕鬆，但聽著的人卻相反的在心底升起一道強烈不安。

除了仙界的水域是水晶宮的勢力範圍，凡間的海洋還有山川湖泊都是水晶宮負責統御監察，和散布凡間的地仙或是地府派上來勾魂的鬼差一樣，水晶宮有很多等級不同的龍王看守凡間各個水域，其中一個失去聯絡是可大可小，但第一時間派身為六皇子的敖瀟出來，卻是太快了。

「為了這樣的事派你來，是不是大材小用了點？」

「出差費可是很貴的，芙蓉應該也很清楚吧？聽說二郎真君怕妳大受打擊，向妳討要的出差費可是連平日的一成都不到，那麼原價是多少妳應該心裡有數吧！為了節省成本以及第一時間掌握情況，我們兄弟中隨便來一個是最好的安排了。」

派你出來才是最花錢的安排吧？芙蓉真想說出口。

看敖瀟的派頭，不論是穿的戴的還有吃的，都是用最好的，這樣是節省成本嗎？還是說他的兄弟花錢花得比他更凶，所以他才會是最佳人選？

敖瀟繼續和芙蓉交換著沒重要內容的對話，期間那雙像是水般的泛藍眸子會落在餐桌上唯一格格不入的歲泫身上。

即使敖瀟不刻意看向他，歲泫也早覺得自己的同席是極大的不妥。敖瀟過分強大的存在感、聽不明白的對話內容，和自己格格不入的環境……在這間過分豪華酒樓裡，歲泫感到十分不自在。他既坐不慣也吃不下，這裡提供的食物給了他巨大的壓力，看著放在面前比陽春麵不知道貴了多少倍的精緻食物，一向節儉的歲泫連筷子都不敢動。

坐立不安的他視線一對上敖瀟那雙泛藍的眼睛，心裡就有一股莫名的恐懼感，但這股恐懼讓歲泫移不開視線，即使他想逃走但卻無法動彈，胸口有一種被壓著無法呼吸的壓力。

像有預感一樣，歲泫覺得繼續和敖瀟對視自己會有危機，在他差點完全走神時，潼兒輕輕的拍了拍他的手臂，給他遞上一杯茶，這時歲泫才意識到在初春的天氣裡他竟然出了一身冷汗而不自覺，要不是潼兒拍他讓他回神，可能他早已經不知不覺的口吐白沫倒地了吧？

「六殿下請別故意發放威壓可以嗎？」雖然地位相差很遠，但潼兒本著有理走遍天下、無理寸步難行的道理，大起膽子來抗議。

「只是他太敏感不是嗎？」泛藍的眼睛瞇起，敖瀟嘴角彎起一個沒多少善意的弧度，輕蔑的態度擺明是針對歲泫的。

「他是水晶宮龍皇的六皇子，只是個性高傲、難相處和缺少協調性的人，只要他沒說要趕人出去就沒事，歲泫不用太緊張的。」

對敖瀟不友善的態度，潼兒和芙蓉也沒有辦法，要是他笑呵呵的近乎套反而要擔心了。

「龍皇……龍？」

「是的。」潼兒點點頭，他理解凡人對龍的崇敬心理，畢竟凡間最頂端的皇帝被稱為真龍天子，等同龍的化身，現在告訴歲泫他現在正是和一頭龍坐在一起，確實是讓他難以接受。

潼兒已經細心的準備好一堆安撫的話，可是歲泫下一秒的反應卻白費了他的準備——

歲泫翻白眼暈過去了！

第七章 天下沒有白吃的早餐……

「現在可以入正題了。」

敖瀟滿意的看著歲泫倒下去，甚至還親自動身走了幾步過去確認自己的威嚇成果，然後嘴角勾起一種芙蓉稱之為野獸般猙獰的笑容。

水晶宮中敖氏一族在仙界是算入仙人的類別，但以龍為真身的他們身上除了仙氣外，還帶有仙獸與生俱來的威嚇，從他們維持人形時眼睛也保留著豎瞳就可見一二。

歲泫這凡人的存在，敖瀟真是沒在意多少，看過一眼也就沒興趣了。對他來說，凡人就像是量產一批換一批的東西，一切都只是過眼雲煙，連記住對方的名字也不需要。現在他需要一個方便說話的環境，那麼這個局外的凡人就有點礙事了。

在天道允許的範圍內做些什麼，敖瀟也不覺得有什麼問題，只是他的做法卻讓芙蓉氣得快要七竅生煙了。

「要是你這樣嚇他，把他嚇傻了怎麼辦！等他醒來，我一定要他跟你追討精神賠償！」芙蓉非常不滿的瞪向敖瀟，雖然她無法測試出敖瀟到底給了歲泫多大程度的威壓，但一個普通人被一條龍瞪著，怎樣想都會是個很可怕又驚嚇的經歷吧！

芙蓉覺得自己生氣是完全有正當理由的，連潼兒也不理敖瀟身分高貴，給了他一記抱怨的眼神，可見他欺負歲泫是天怒人怨的。

「嚇傻了大不了為兄花錢讓人……好吧，這些妳不喜歡聽，為兄不說就是，不用這麼凶的瞪我。」始終心性高傲的敖瀟根本不認為作弄一個凡人有何不可，但為了一個凡人，他竟然被芙蓉和潼兒這個仙童瞪著，這口氣就像卡在喉嚨般不上不下的悶住胸口。即使不是真心話，他還是語帶涼薄的開口了，但開了口，他又不希望自己把話說完。

面子是很重要，但滿口違心之論也不是好事。

「下半句真說了出來，我可不原諒你。」芙蓉帶著怒意瞪著敖瀟，她少有動氣的時候，這次她是真的看不過敖瀟把歲泫當玩具耍了。

雖然她認識歲泫的日子尚淺，但眼看他被敖瀟這樣對待，芙蓉實在沒辦法保持心平氣和。歲泫也好，在京城的李崇禮、歐陽子穆也好，他們或許在敖瀟眼中全是弱小到不行的渺小凡人，但他們每一個也是芙蓉實實在在結交的朋友，每一個都很重要，更因為他們都是凡人，所以更加應該珍惜這段緣分吧！

芙蓉覺得即使她是仙人的一分子，但仙人也不應該是高高在上的，相比努力生活的凡人們，仙人仍有很多需要學習的地方。

「凡間的人雜念多，他這樣一個普通人賴在你們身邊，難道妳沒有想過他有什麼企圖嗎？」雖然自己差點說出口的話可能是過分了，但芙蓉幫著歲泫的表現卻讓敖瀟心裡不是滋味，要他相信歲泫沒有半點意圖很難。

「以小人之心度君子之腹是很難看的。」

「為兄只是提醒妳，凡人不是每一個都單純善良，防範之心不可無這話應該有人教過妳。」

「歲泫比你老實善良多了，他也過了三哥哥那關，不用敖瀟你操心。」把歲泫和敖瀟放在天秤上的話，正直好青年的歲泫分量絕對比較重，而且哪吒三哥哥都點頭了，她芙蓉還要怕什麼！

「哪吒？……原來如此。」聽到哪吒的名字，敖瀟瞇了瞇眼睛，而芙蓉竟然沒發現自己說漏了嘴。

「那為兄姑且相信這個凡人沒什麼企圖，反正也就是個凡人，影響不了我要處理的事。」

「既然影響不了你又把人嚇昏！」

「想他知道得太多早死的話，為兄不介意什麼都說給這個人知道。」敖瀟瞇起那雙泛藍眸子，嘴角勾起一個讓芙蓉覺得他心裡正盤算著什麼可怕的事情的微笑。

「還是不要！你不要害歲泫早死。」芙蓉全身的汗毛豎起，直覺告訴她不好的事要發生了。

「我在曲漩處理龍王的事，芙蓉妳既然知道了也幫幫忙吧！」

「等等！為什麼變成這樣？這是什麼理由？」芙蓉驚得連筷子也急急放下，突然要她在敖瀟手下工作？別說笑了！她打算吃完這頓飯就逃走的呀！

「曲漩龍王浮碧是個穩重的人，以他的為人不可能忘了報告，背後一定是出了事。」

「你跟我說也沒用呀……」芙蓉真想塞起耳朵裝作聽不到，但敖瀟卻鐵了心要把她拖下水。

「妳是擔心沒有寶貝下不了湖底龍宮？不用擔心，為兄有避水珠可以『借』給妳。」語畢，敖瀟拿出了一個小錦盒，打開之後，只見裡面放著一串繫上飾繩的珠子，造型小巧可愛，還可以當手環方便攜帶。

芙蓉看著這珠子手串，心情變得十分複雜。雷震子大哥只說他弄丟了借來的避水珠，以雷震子一向給她的粗獷形象，芙蓉一直認為他借的避水珠應該是很傳統的大珠子形狀，她從沒想過水晶宮有推出這種造型小巧精緻的避水珠手串。

一顆半掌大的珠子已經很難找了，要是雷震子弄丟的是這種小巧的東西，她根本不可能找得到吧？

「這是你們一般外借的避水珠嗎？」

「設計的不錯吧！仙人們都覺得比拿著滑溜溜的珠子方便許多。最近應該就是天宮的雷震子將軍來借過，作為旱鴨子的他借避水珠還是第一次，可見他接下的任務沒辦法避開水澤地吧？」

這番話芙蓉聽在耳裡全部都是弦外之音，敖瀟什麼時候不提，偏偏在避水珠的話題上提起雷震子，一定是他察覺到什麼了。

「這串珠子妳先收起來，等我們下龍宮時會用到。」

「等等，我從來沒答應和你一起去吧？」

「不去嗎？為兄手上可是有芙蓉大半夜潛進為兄寢室還把為兄看光的證據，要不為兄現在就派人送去天宮？還是去……東華臺？」

敖瀟裝出一副遺憾的樣子，但那志在必得的語氣卻又讓芙蓉氣得牙癢癢，偏偏他說中了芙蓉的死穴，芙蓉豈可能會讓敖瀟去天宮和東華臺亂告狀？

「絕對不行！你敢跟東王公胡說八道我就和你拚命！」

「哎呀！好大的反應，原來芙蓉這麼介意東王公知道妳在外行為不檢的嗎？」

敖瀟嘴角的壞笑更甚，不過方寸大亂的芙蓉沒有察覺敖瀟眼底閃過的得逞，也沒注意自己剛才慌張的恐嚇讓敖瀟更加肯定她奇貨可居。

敖瀟和家族其他人一樣愛賺錢，而想要賺得多、賺得風險小，就得先經營人脈，賣人情套交情雖然麻煩，但卻是很好用的手段。這次敖瀟下凡在曲漩遇上芙蓉雖是偶然，但既是遇上就是天意，正好給敖瀟大好機會加深和東華臺的關係。

他來曲漩處理的事目前還不知道會牽扯多少麻煩，芙蓉應該是不知情而跑到這裡來，他幫忙照看一下也不會費很多氣力，但此舉卻絕對可以討好玉皇和東王公，一舉幾得的事何樂而不為？

芙蓉雖然故意迴避，但敖瀟知道她來曲漩城就是為了尋找避水珠，絕對錯不了。要是明知道她會留在這裡卻什麼也不做，出了事自己絕對會被秋後算帳，他現在得未雨綢繆，主動關照這位仙界眾巨頭捧在手掌心上呵護的女仙才行。

敖瀟的如意算盤打得劈啪作響，而正被算計的目標人物卻六神無主，被自己剛才的反應嚇住了。情急之下芙蓉不自覺的把東王公三個字說了出口，明明敖瀟就只是說天宮和東華臺，但她第一個反應就是不想讓東王公知道，明明還有玉皇不是嗎？

但她無法控制的當聽到敖瀟提起東華臺時，自己的心跳像是跳漏了一下，胸口空洞洞般，莫名其妙的恐慌也從心底升起……

她這是不是此地無銀三百兩的反應？因為東王公已經吩咐過她要留在京城，但她卻沒聽話偷跑出來了！

而且敖瀟的指控也太嚴重了，她一個女仙被人說成女色魔似的，要她以後怎樣見人！她不希望經過敖瀟演繹的流言哪怕是一言半句會傳到東王公耳裡，即使她認為以東王公的個性是不會相信聽完了也不會當一回事，但芙蓉還是不希望有任何關於她的負面評價傳到東王公耳裡。

心情一急起來，芙蓉不知道該說什麼來封住敖瀟的嘴，這個愛錢的傢伙不吃撒嬌這一套的，而且她也做不出朝敖瀟撒嬌的事。可是，想賄賂他也行不通，因為……她雖然現在什麼都不缺，但就是很缺錢啊！

在一旁照顧歲泫的潼兒也被芙蓉的反應嚇了一跳，之前在京城對上姬英時，芙蓉也沒表現出這麼緊張的一面，潼兒覺得自己察覺到了什麼，但具體卻說明不了，只好旁觀。

「所以，不想為兄說什麼的話，這次為兄在下凡的這段時間你們就在為兄手下幫忙，反正水晶宮沒派人跟來，為兄手邊少了打雜的。」

「你這是要脅？」

「為兄認為這是最好的安排，不然……」敖瀟從衣襟中摸出了一封已經寫好、上面寫著收信人是東王公的信函。

一看到這東西，芙蓉立即不敢再反對了。

敖瀟搖了搖頭，擺出一臉為難的表情，再提出一個他覺得慷慨至極的好處。真的是很慷慨的呀！要是平時，他才不會這樣掏腰包給別人。

「算為兄給妳的特別優待，打雜期間的食衣住行，為兄全都包辦了。」

※　※　※

夢境中出現的場景、時序、人物都混亂而且沒有條理，上一秒覺得自己站著看向前方，但下一刻視線卻上下顛倒，轉眼之間又看到另外一個自己在面前走過。

眼前的景象都很熟悉，好像是過去自己經歷過的事情又重現眼前，是記憶的反映還是虛構的，他分不清楚，全都混在一起一片混亂。畫面一閃一現，歲泫在夢境中好像把自己從小到大的過程重溫了一遍。

師父述說過修道的終境是怎樣美好、仙人神奇的傳說和斬妖除魔的事蹟，讓歲泫從小嚮往至今，雖然師父沒打算要他把道觀傳承下去，甚至不希望他出家入道，只想他過得像個普通人，長大成家立業就好，但歲泫早早已經做好決定。

師父的苦心歲泫是明白的，已經破落的道觀只靠他一人是維持不下去的，現在歲泫也僅僅能養活得了自己而已，補了屋頂就沒錢吃飯了。

師父走時，歲泫就在他身邊，老人走得沒像得道仙人般騰雲駕霧，只是普普通通的慢慢沒了氣息。但這無損歲泫的決心，他的想法仍然沒有改變。

小時候的畫面很快掠去，接下來是剩他一人生活的片段，然後一片彩雲驀地填補了視線。

「醒來囉！」

耳邊響起的是少女獨有的精神奕奕的聲音，光是聲音就讓人聯想到一張活潑的臉。

對了！

歲泫的腦袋開始清晰起來，他在山上遇見了兩個仙人。和傳說一樣，那位姑娘有著非凡美貌，俏皮活潑的氣質讓她多了一分親和力，沒有給人一絲拒人於千里之外的感覺。還有那個年紀看似很小但見識很廣的小仙童，他們兩人的出現就像兩盞明燈般，讓快要迷失放棄的歲泫重新看到自己要走的路。

世上是真的有仙人的！

歲泫知道或許到最後自己還不一定能修成正果，但芙蓉和潼兒的出現讓他知道，師父說的和自己從小相信的東西不是虛幻的，仙人不是傳說而是真正存在，並非幻想。

「眼皮都在動了為什麼還不醒來？」

疑惑的聲音再響起，這次不只聲音，歲泫還感覺到臉頰被硬物襲擊，他試著睜開沉重的眼皮。

「芙蓉，妳這藥真的能用在活人身上嗎？妳確定不會把歲泫的臉腐蝕掉？」

帶著擔心的另一道聲音響起，意識已經開始清明的歲泫認得這聲音是潼兒。

話中出現了自己的名字，他們到底打算做什麼？

「你這種說法怎麼和塗山一模一樣？這瓶東西又不是我煉的，只是拿現成的薄荷油來用罷了！」芙蓉沒好氣的瞪了潼兒一眼，他這說法簡直是侮辱她！只要是從她手上拿出來的藥品都是腐蝕性物品嗎？那李崇禮之前還在喝她熬的湯藥，那也是腐蝕性藥汁了嗎？

「只是有點擔心嘛！之前沒見妳用過這一種。」潼兒不好意思的吃吃笑著，看來他是真的擔心所有芙蓉拿出來的藥物。

自己到底發生了什麼事？歲泫開始擔心了，身邊屬於芙蓉和潼兒的對話聲越來越清晰，接著是一道催促的陌生聲音，這道聲音一響起歲泫只覺得渾身一震，眼睛也總算睜開了，雖然睜開的方式像做惡夢驚醒那樣。

醒來後的歲泫，一時間連自己身在何處也沒弄清楚，只看到一個傾斜的白玉瓶子在自己眉心前方，瓶口還已經見得到散發著濃濃薄荷清香的淡綠色液體。

這種東西倒在眉心不是很容易濺到眼睛嗎？歲泫心一驚，瞳孔跟著縮小，但剛甦醒的身體還沒跟得上狀況，暫時動彈不得的他只能像受驚小動物的模樣看著那瓶口，心怕芙蓉手一抖，自己的眼睛就要遭殃。

「這薄荷油真神！還沒塗就醒了。」

語氣中離奇的有一點點的可惜，聽得歲泫冒冷汗。芙蓉本來還想著先試薄荷油，然後再試樟腦之類的，現在人醒來就沒機會了。

「相信病重的人聽到要吃芙蓉準備的藥，也會立即健康起來的。」潼兒一邊扶起歲泫，一邊由衷的說。在潼兒接觸過的人當中，就只有李崇禮可以若無其事的把那些黑漆漆看起來很可怕的湯藥喝下肚而沒事。

「真是這樣，我不就比壽星公爺爺還神了？誰不想死就找我討藥喝。」

「在那之前妳會先因為打亂了生老病死的天道循環被問罪，不，或許會先惹到掌管生死簿的地府主人東嶽帝君。」一直沒出聲的敖瀟找到了揶揄的機會，芙蓉說要把歲浤先弄醒確定他沒事，可他已經等得不耐煩了。

「不！你不要提那個名字呀！」

敖瀟奸笑了一下，芙蓉懼怕帝君的事他早已知道，不過親眼看到芙蓉這麼驚恐的反應也實在是很有趣。

敖瀟特有的高傲語調讓歲浤下意識的一驚，但是他仍不由自主的尋找聲音的來源。當再次看到敖瀟那不把他當一回事的眼神，以及那雙泛藍眼睛透出的威脅，歲浤有種想要重新閉上眼裝死的衝動。

他之前被敖瀟嚇昏了。而現在他們仍處在那家高級茶樓的豪華廂房中，空氣中有著食物和茶水的香氣。平時除了饅頭和陽春麵，都沒加過好菜的歲浤本來光是嗅到這些香氣就已經覺得很幸福了。即使這些香氣是幻覺，歲浤也會想待久一點點，多看那些食物幾眼……可惜美夢中突然出現把自己嚇昏的罪魁禍首……

一睜眼，歲浤就看到停在自己面前不遠處的錦袍下襬，布料上的光澤、顏色還有精緻的繡紋，令庶民的他先驚訝布料會有多貴，光是閃閃生光的繡線恐怕也抵得上他一、兩個月的生活費了。

接著是露出衣襬下的鞋履、腰間的垂飾、袖口等，一寸寸的往上看去，全都是貴死人的東西；最後往上看到的是敖瀟沒得挑剔的臉，那端正臉龐上像是晶石般清澈的泛藍眸子令歲泫從心底感到無形的壓力，隨即身體控制不了的不住顫抖。

無關歲泫的心情，這刻身體發出恐懼反應完全出於自然。歲泫不明所以的害怕敖瀟的藍眸子，不是因為那雙眼睛的顏色給他冷冰冰的感覺，也不是因為敖瀟身上發出像是冰山的氣質。敖瀟根本不把他當一回事，眼中根本沒有他，也沒有對他生出一絲情緒的打算。

歲泫不知道是自己的本能在害怕敖瀟龍的本體，他錯誤的理解成自己被高高在上的敖瀟震懾住了，自己很沒用的像螻蟻般屈服在權貴之下。

身穿華服、一身貴氣的敖瀟，單是氣場便足以讓小老百姓心生畏懼。

對一般人來說，敖瀟這類人不是有財就是有權，而有財勢的人也容易得到權力，然後小老百姓的生殺大權就會落在這些人手裡。

歲泫想起他和師父進出曲漩被某些城門官兵嘲笑，即使他們說得再難聽，歲泫也不能當面反抗，無財無勢的他還想在曲漩城討生活就不能得罪他們，即使他心裡不好受也只有忍耐。其實歲泫很想挺起胸膛反駁他們的奚落。

此刻，歲汯不由自主的想起這些事，反抗的心理無意識的迅速滋生，讓正垂眼看著他的敖瀟嘴角意外的勾起一道笑意。

「基於因為、還有所以，從今天開始，你也和芙蓉一樣替本殿下工作。」敖瀟挑起眉十分省略的說。他肯主動和歲汯說話已經讓人感到意外，加上在芙蓉的要求下他壓下所有威壓，但之前他已經給歲汯留下陰影，現在這個青年雖然刹白著臉色卻硬氣的不肯移開視線，敖瀟認為這樣的歲汯還有些骨氣。

「在人前，暫准你喚本殿下一聲六公子。」帶著自身的高傲氣勢，敖瀟一副天皇御准的態度，居高臨下的看著坐在地上的歲汯。

「呃？」敖瀟意料之外的態度令歲汯愣住，讓他忘了問自己為什麼會變成在敖瀟手下工作。

「敖瀟你剛才的話完全沒有重點吧？」和潼兒一起把歲汯扶回餐桌邊坐下，同樣被成功威脅的芙蓉連忙抓緊機會抓住敖瀟的小辮子。

用「因為」和「所以」就蒙混過去，真的把他們當白痴耍了。

「時間就是金錢，來龍去脈已經不重要。現在快吃飽，接著就得辦正事了。」

「我有種自己被人販子賣掉，準備去礦場勞動的感覺。」潼兒忍不住抱怨了一下。

「如果把潼兒拿去賣掉的話，一定不是賣去礦場這麼善良的地方。」

正當芙蓉也有同感想要點頭的時候，敖瀟的這句話讓芙蓉差點咬到舌頭。

他到底想說什麼邪惡的地方！不怕教壞小孩子嗎！

正這樣想的芙蓉，沒有意識到立即能猜出敖瀟想說什麼的自己也已經不單純了。

「欸？那會是什麼地方？」潼兒問。

見芙蓉的表情好像吃東西哽著了似的，連歲泫也一樣別開了視線，潼兒知道敖瀟說的一定不會是什麼好地方，不然大刺刺的芙蓉不會硬生生的閉上嘴什麼都不說。

「小孩子還是不知道的好，不然東王公會怪罪下來。」敖瀟一臉認真的在嘴邊豎起一根手指不說下去。

從他身上得不到答案的潼兒只好向芙蓉和歲泫投去詢問的眼視，但後者二人一樣不敢把自己聯想到的說出來，潼兒的疑問就被大家用這種迴避的態度糊弄了過去。

潼兒感到十分鬱悶，他其實也不是真的年紀很小好不好！

花了點時間消滅餐桌上的食物後，正喝著由上好茶葉泡開的飯後茶，感嘆這是一頓美味的早飯時，包廂的門被輕輕敲響，接著一個被敖瀟叫來的人恭敬的走了進來。

「六公子，請問有什麼事要讓卑職效勞？」

來人是在曲漩縣城中也算是有名的珍寶閣掌櫃，他出現在這間高級茶樓不奇怪，讓人意外的是他對包廂裡的人恭敬的態度。

縣大老爺出現也沒得到這位掌櫃如此恭順的表現吧？

「我接下來還有事要辦，他們兩人你先帶回去。」

「是的。六公子。」掌櫃朝敖瀟恭敬的福身後轉向潼兒和歲浤，擺手示意有請。

「我們不能跟著一起去嗎？」潼兒皺起了眉看向芙蓉。

歲浤不跟過去潼兒是同意的，畢竟他只是個普通人。但潼兒認為自己應該跟著去，說不定和敖瀟去查看湖底龍宮的情況時會遇上什麼危險，他雖然沒多少攻擊力，但是防禦力很不錯的，而且他也不想離開芙蓉身邊太遠，他會擔心。

「你們先待在珍寶閣是最合適的安排。」

敖瀟的決定往往是一錘定音，決定了也就立即採取最省時的行動。

有點不情願之下，潼兒跟著珍寶閣掌櫃離去，當他和歲浤離開廂房走至茶樓一樓時，引起了不少茶客的反應。

大概沒有人想像得到珍寶閣掌櫃會從廂房帶出一個小孩和一個穿著很一般的青年吧？

那些人的視線讓潼兒心裡很想翻個大白眼，不過比起在京城裡偶爾外出時接觸到的，現在這些只有探問的視線已經好很多了。在京城時，因為那小丫頭的打扮讓他一旦離開王府就會被街上的男人們盯著看，好像把他看成什麼可口又好吃的食物似的。

第八章 大事大事……哈事？

抱著打包好的早點跟在珍寶閣掌櫃身後離開的歲泫開始覺得胃痛。身為曲漩城土生土長的人，他當時知道珍寶閣的存在，一開始芙蓉說要找珠子時，他也想像過這家店可能有她想找的東西，但是歲泫沒想過原來珍寶閣不是「人」開的。

「請先喝杯茶吧！六公子要到湖底一趟，應該需要不少時間，請寬心的在敝店休息。」

招待慣了豪客的珍寶閣掌櫃，面對潼兒和歲泫仍是一貫恭謹的態度，沒有半分輕視，和他的主子敖瀟反差可大了，完全會讓人懷疑他們是不是同一個水晶宮出來的。

即使身為仙童，潼兒也沒辦法分辨掌櫃的真身是什麼，只能推斷他能在珍寶閣當上掌櫃，想必在水晶宮也有不小的地位，不然要看管帳目的位置還輪不到這一位掌櫃的。

水晶宮所屬的仙人都比較特殊，雖然看上去大家都是人的外表，但實則全都有海洋生物的真身。最有名的要數烏龜仙人的丞相，雖然丞相也有名字，但大家都只記得叫他龜丞相。將軍是螃蟹仙人，士兵是蝦仙人，潼兒曾經疑惑過那魚是不是全都去當水晶宮的文官了？

如果面前正端茶給自己的掌櫃真身是一尾魚，那果真是應了那句入水能游、出水能跳……而且還能跑了。

茶香滿室，房間本身也點著很淡的季節薰香，這樣的環境讓潼兒想起了寧王府中的點滴，才出

來沒幾天他已經有點掛心了。他不在時這些細節不知道那些侍童有沒有做足，也不知道他們是否手腳不夠俐落給歐陽大人和王爺添麻煩了。心裡一旦想起那些令他擔心的事，茶就顯得沒剛才那麼香，明明是高級茶葉，潼兒喝下去卻喝不出味道。

「請歲公子不用這麼拘謹，放鬆休息就可以了。」

掌櫃此話一出，歲泫立即石化般的呆呆抱著懷中包著點心的紙袋，顯然公子二字讓他受驚了，他無法消化自己被人稱為公子的事實。

一個石化，一個心不在焉，掌櫃有一下子覺得是不是自己的招待技巧生疏了？怎麼兩個客人都是這樣子？

終於發現掌櫃遲遲沒走仍然站在旁邊，潼兒才驚覺自己的失禮，掌櫃沒有第一時間離開應該是知道他們心裡有疑問才留下，可自己卻只顧著想別的事情。

不好意思的笑了笑，潼兒客氣的稱讚了掌櫃的茶，又聊了幾句，才切入正題：「掌櫃，我能跟你問問六殿下親自下凡的原因嗎？」潼兒知道敖瀟不是個好說話的人，他打定主意不說，你就只能自己想辦法在旁人身上問出來。

對於敖瀟提到曲漩龍王的事，潼兒有些不祥預感，他認為芙蓉應該也和自己的想法一樣。

他們都覺得以敖瀟的身分，事情不嚴重根本不可能勞動他大駕親自前來，這情況就像突然在凡間看見拿著三尖刀走過的二神真君說是來散步一樣令人難以置信，這樣的藉口根本太爛了，連小女仙、小仙童也不可能會相信。

「卑職只是水晶宮派遣到珍寶閣的小小掌櫃，六公子親自下凡，其背後的原因和詳情卑職並不清楚，只是目前四處都流傳凡間不平靜，地仙們也很緊張。」

「不平靜？」旁邊原本石化了的歲泫聽到這三字立即回復正常，他記起和芙蓉初見面時，她就問過他曲漩城附近有沒有異狀，指的該不會是同一件事吧？

「現在太平盛世，朝廷政局也穩定了，國境亦無外侵，掌櫃說的不平靜難道是指仙界的？」

潼兒執意要問，掌櫃也只能一臉為難又抱歉：「卑職也不是太清楚，但這陣子還請不要單獨行動為好。」

潼兒沉吟了起來，掌櫃表現得好像真的不清楚傳聞的來龍去脈，但潼兒卻認為他既然能被水晶宮派出來擔當一家珍寶閣的掌櫃，這個人本身不會是個庸碌無能的人，而且他能在曲漩的富豪間混得如魚得水，這樣的人會相信以訛傳訛的事嗎？他手上肯定有確切的情報才會這樣說的。而且空穴來風未必無因，若把沒有實證的事情亂說，敖瀟不把他重罰才怪！

說不定……說不定是敖瀟在借掌櫃的嘴告訴他們有事正在醞釀發生？

這樣一來，為什麼敖瀟要威脅芙蓉在他手下幫忙就能理解了。

潼兒嘆了口氣，連交情不算太深的敖瀟也知道不把芙蓉管束在身邊的話會出事，而看情況，芙蓉很可能會在未知的事件中不自覺的踩得很深。

看來平靜的日子真的過去了，好日子到了頭，壞日子就要來了……

※　　※　　※

留在茶樓的兩人很快也有行動了。

把芙蓉拐來做幫工的敖瀟，悠然領頭從曲漩城慢慢走出去，他雖然沒做什麼出格的事情吸引路人注意，但卻沒有檢討過自己一身華服、身後卻只有一個一臉不情不願的漂亮丫頭，既沒坐轎也沒騎馬只用兩條腿在大街上直直的往城門走，光是這舉動已經能成為曲漩今天的逸聞吧？

說不知有哪家的公子腦袋撞傻了，有轎有馬不用，居然跑出來走大街，還帶了個俏婢出來。路人好奇張望，而守城門的官兵更是每個都一臉衝擊的看著從容不迫的敖瀟。

芙蓉這刻真想把自己隱藏起來，她非常了解為什麼別人常說在不同的場合要配合不同的衣服，雖然她知道敖瀟不是故意的，但他現在的所作所為就好像讓李崇禮穿上最隆重的朝服跑到市場上買白菜一樣。

富貴的大老爺們哪個會願意勞動自己一雙腿的？這也不是多走路身體會健康的問題，而是面子和地位的問題！一身華服的公子哥即使嫌棄坐轎太嬌氣，最起碼也會拉匹駿馬表現一下威風，不然就不會有微服出巡這個名詞了……

不過，芙蓉懷疑敖瀟應該不會寫「微服」這兩個字。

聽說曲漩城中就有幾位公子喜愛騎馬出遊，一行人威威風風帶著侍童騎著駿馬結伴出城，不是到山裡的山莊避暑就是到曲漩湖郊遊。也多得這些公子哥兒還有文人墨客的追捧，令那山中湖近年越發有名，變成這一帶著名的郊遊勝地。

現在敖瀟和芙蓉的組合不知會讓人作何聯想？

芙蓉自問自己一定又變成跟班的丫頭。

這次出城，官兵們的態度比之前好很多，只是芙蓉不知道他們自行創作出來的想像。

這群粗人正是疑惑著這位作風獨特的貴公子和姑娘都很面生，不像本地人，這才沒刁難。他們全都心裡納悶著大冬天的結伴出遊也選錯季節，或許這是人家小倆口的情趣。正因為有這樣的想法，某些官兵笑得有點猥瑣……

出了城後，芙蓉還以為宗旨裡有一項名為「時間就是金錢」的敖瀟會提出直接飛去目的地，但走了一會兒芙蓉耐不住而提問時，他竟然說因為難得天氣好要慢慢走過去。

這算是遠足郊遊嗎？

芙蓉在凡間還沒有相關經驗，她雖然有離開王府跑到山裡去找野生草藥，或抓逃走的小仙獸來完成還債任務，但每次她都自顧不暇，不是迷路就是撿到熊，總之目的絕不是遊山玩水。現在她更沒心思欣賞山中冬景，如果真的要到郊外遊玩，芙蓉希望走在身邊的人是潼兒、李崇禮、塗山他們，而不是說錯一句都有可以被追討誹謗賠償的敖瀟。

她和敖瀟雖然認識，但不是深交，甚至芙蓉單方面認為兩人算是話不投機半句多的組合。他愛自稱為兄是他的事，芙蓉可不認他是哥哥；他愛賺錢賺仙石，芙蓉的特技卻是炸丹爐燒靈草，兩人各走極端，即使待在同一個空間也像是兩個世界的人。

芙蓉不耐煩的表情全被敖瀟看在眼裡，他也不得不苦笑自己的形象竟然差到這種地步，竟然如此惹芙蓉討厭。他是愛錢，但賺錢的方法也都是正途吧？剛才是威脅了她，但他不是答應吃住都由他負責了嗎？

氣氛如此沉默讓敖瀟也不習慣，仔細一想，既然大家暫時要共同行動，彼此太生疏也不好，他著實該找些話題才對，但一想到自己和芙蓉沒有共同話題，水晶宮眾位皇子中最擅長交際的他，腦子也變得不靈光了。

目前自己能想到的話題，每一個似乎都會刺激到芙蓉的神經。

跟一個身負巨債連本金都沒有的小女仙談理財或是享受，無疑是直接把對方引爆掉。

一路上在路人狐疑的目光注視下，這對同行但各自沉默的一男一女總算快要到達目的地。

從城裡走到郊外的湖泊大概需要大半時辰，因為在春夏季節遊人絡繹不絕的關係，野外的山林已被遊人走出一條平坦的走道，順著這條路過去，一路上看到的風景也算秀美，可惜時節不對。

現在冬末初春，隆冬的雪景已過，但屬於春天的嫩綠還沒來到，路邊的風景仍帶著冬季特有的蒼涼，因此現在除了一些對冬景感興趣的文人有時候還會來之外，遊人已經很少了，茶寮等攤子差不多都是沒有客人的。

敖瀟沒有刻意遷就芙蓉的腳步，由得她在後頭苦著臉死命的跟著。

快到湖邊時，在樹梢之間已經能看見在陽光下泛起陣陣金色粼光般的湖面，從湖上向樹林吹過的風多帶了些許水氣，有點冷，但讓人有一種清新的感覺。

穿過樹林，開始變得帶著綠意的草地展現眼前，草地伸展出去，前方一整片是秀麗的湖畔風景，除了天然的湖岸和草地外，湖的一邊還建了一些臨水的樓閣供遊人借用，但這些理應吸引到敖瀟注意的生意，卻沒有被他放在眼內。

敖瀟隨意的看了湖面一眼，在草地走了幾步又停下腳步，沒有再往水邊走去。

「不是要下龍宮嗎？」

芙蓉摸出敖瀟說借她用的避水珠戴在手上，她準備就緒便等著快快下水儘早把事情了結，但本來說要到湖底去的敖瀟卻一直什麼表示也沒有，只是站離水邊遠遠的眺望整座湖。

他一言不發的站著，芙蓉覺得自己變成了大笨蛋似的，哼她一聲也算是個回應呀！直接把她的話無視掉是想怎樣？難道他打算站在那裡等著，等湖裡的龍王發現水晶宮六皇子親臨，趕緊出來列隊迎接？要是真的這麼在意排場，敖瀟哼一聲她就不相信湖下的龍王會不知道上司來了！

面對芙蓉狐疑的眼神，敖瀟仍是不痛不癢的站在原地，但眉宇之間明顯的多了一絲凝重。他解開原本掛在腰帶上的珠串收了起來，這東西一收起，敖瀟身上立即散發出無法抑制的威壓，程度比嚇昏葳泫時重了很多，他的存在感也變得十分強烈。

「簡直就像是暴風雨前夕的寧靜一樣，妳說像嗎？」

「為什麼這樣說？」芙蓉不解的問，在她看來那湖水沒什麼奇怪，水質清晰透明，山裡的靈氣量也不錯，目測沒什麼不尋常呀？

「這裡是有龍王庇護的湖泊，湖底有龍宮所在，但現在卻連半個蝦兵蟹將也沒見到，妳說這情況正常嗎？」敖瀟勾起一個自嘲的笑，要是平常日子，他還沒走到草地的範圍，龍宮的成員一定會發現他的到來。

敖瀟說完，芙蓉才意識到奇怪，整座湖都很平靜，就像是一座普遍的湖，而不像住了仙人的湖，一切都太過平靜了。湖底龍宮裡的龍王恐怕不是怠職沒向水晶宮報告這麼簡單，恐怕是出了嚴重的事吧？

「敖瀟，這……我們怎麼辦？」

「現下不要輕舉妄動的好。本來浮碧沒向水晶宮定期報告，為兄也不認為他人還會好好的待在龍宮中；即使他還在龍宮，也不代表沒出問題，畢竟浮碧本人回報不了，他底下還是會有人回報……妳說水晶宮到現在仍然什麼都沒收到，會是什麼情況？」

「這……」芙蓉不敢拿這種事開玩笑，她還沒有笨到聽不明白敖瀟的意思。

龍王失聯、龍王手下也沒有回報水晶宮，這不就是說這湖底的龍宮裡什麼人都沒有了嗎？他們不會平白的失蹤，只能朝他們被不知是誰的入侵者滅掉了的方向猜了。

這是什麼預想外的情況？

芙蓉很想牽起一個壞笑，呵呵的大力拍向敖瀟的背，笑他說爛笑話。但她和敖瀟平日再不對盤，也知道高傲的他絕對不屑說這種笑話，更不會拿自己部下的安危來說笑。

沉起一張臉的敖瀟看上去很嚇人，他就這樣板著一張臉看著反射著陽光的湖面。衣袖下，他大概已經把拳頭握得沒辦法再緊一分了吧？

「當務之急是要把浮碧找回來。其他龍宮成員為兄不敢說，但水晶宮中代表浮碧的龍珠仍在，他還沒有死。」

這一刻，敖瀟才向前走了幾步，彎身挽起衣袖伸手碰了一下湖水，一道道淡藍色的閃亮漣漪隨即以敖瀟為中心點擴散了出去。湖面開始泛起這個季節還不應該出現的薄霧，不消一會兒，原本郊遊的好地點已經陷入如千里迷霧之中，變得快要伸手不見五指。

環境變成這樣子，恐怕短期內不會有人特地跑來郊遊了……

「回去了。」施術完畢，敖瀟重新站起身，被湖水沾濕的手隨意一甩便回復乾爽。他轉過身，雙手負背，就要從原路往回走了。

「等我一下！」芙蓉趕緊跟上去，在濃霧之中她一下子也搞不清楚原本自己是從哪個方向來的，若給她時間，她是有辦法辨別，但那時敖瀟已經不知走到多遠了吧？虧他可以在能見度不到五步的濃霧中找到原路的方向還大步大步的走，也不怕撞樹。

因為怕跟丟而會在濃霧中迷路，芙蓉內心掙扎了一下後，伸手抓住了敖瀟長長的衣袖一角。她一抓著衣袖，敖瀟就已經察覺到了，但他沒有任何表示，好像什麼都不知道一樣，可明顯被芙蓉拉著衣袖的那一隻手擺動的幅度變小了。

「我們就這樣回去了？」想想先前走了大半時辰才來到這湖邊，待了不到一刻鐘，看敖瀟施了個法術就要回去？雖然敖瀟的真正目的應該是查看湖的情況而不是真的打算拉著她殺下去，但只下了道法術就走了嗎？而且讓那裡起霧，作用也不大吧？

「我們飛回去？」腳已經有點痠了的芙蓉實在不想再走山路了，但無奈現在主事的是敖瀟，他不點頭，她也不敢飛回去。

「妳很趕時間嗎？」

「聽說趕時間的是你吧！是誰在一開始就說時間就是金錢，又告訴我事態嚴重的！」

敖瀟的反問讓芙蓉像是炸毛的小貓似的想要張牙舞爪，但衝口而出後又怕敖瀟說要告訴東王公，結果自己生著悶氣，臉頰氣得鼓鼓的，充分表現出她對敖瀟的怨憤。

「有些事在回去前有必要先和妳說一下。」敖瀟沒有理會芙蓉那張惹人憐愛的可憐臉。

而敖瀟弄出來的濃霧擴散得很快，即使已經離開了湖邊回到山路上，四周還是朦朧一片。

芙蓉仍抓住敖瀟的衣袖。看著敖瀟的背影，即使心裡已經生出偷踹他的想法，但為了避免迷路，芙蓉只能跟著走，等待敖瀟把要說的話說完。

假設助跑兩步從後一記飛踢，在踢中敖瀟之後逃跑的成功率到底有多少？芙蓉也有想過拿百寶袋中那些癢癢粉突襲，但用這招需要把風向計算在內，不然一把粉末撒出去結果招呼回自己身上就太可笑了。法術偷襲也是行不通的，光是剛才敖瀟在湖邊的那一手，就知道他的法術造詣不是蓋的，以自己的程度作弄小女仙、小仙童就萬無一失，對付高階仙人實在是沒辦法。

「妳的表情在告訴為兄妳心裡先是不懷好意，然後陷入自己的妄想中？」

稍微回頭看了眼緊跟著自己的芙蓉，敖瀟覺得要是自己認真和這個什麼都放在臉上的女仙耍心眼，實在太大材小用，看她大眼睛轉來轉去，又是奸笑又是失望般超豐富的表情變化，她是在演繹樹林中活蹦亂跳的那些松鼠嗎？說起來，她現在也有九分像松鼠煩惱到底要不要再塞一顆果仁到嘴巴裡的樣子。

「我……我心裡在想什麼你又會知道？」芙蓉別開視線，此地無銀三百兩。

「要是為兄不能從妳的表情猜出妳在想什麼，為兄的名字就倒著唸好了。」

「灕敖……好像沒變得多難聽，你當然可以誇下海口了。」

「趁著現在四下無人……」

「等等！你這說法很有語病吧！別人不知道的會誤會敖灕你是什麼大色狼，在山間和一個姑娘說什麼四下無人！」

「是妳這小腦筋總把事情往糟糕處想吧！還有妳這是什麼話？誹謗為兄？」敖灕挑起一邊眉毛，額角不難看出一條代表憤怒的青筋冒出。

「我才沒有，敖灕你想多了啦！」芙蓉硬著頭皮做出一個燦爛的笑容。裝作若無其事這一招她跟了塗山學了很久，但在千年九尾狐身邊耳濡目染這麼久，芙蓉也只能做到現在這程度，臉上的笑始終帶著輕微的扭曲效果。

可惜，看了這張臉只會想笑而已。

「芙蓉，接下來為兄說的話妳要仔細聽，然後好好考慮。」敖瀟搬出世間唯女子與小人難養也的名言來說服自己不要為這麼無聊的事耽擱時間，正了正臉色，神情凝重。

「好像不是什麼好事？」看著敖瀟認真的神色，芙蓉立即知道自己一定是不知不覺間又往麻煩事裡栽了。

「現在妳有兩個選擇，一是現在立即回京城，不過看來沒人盯著妳回去，妳一定會四處亂跑，所以妳要回去的話，為兄會派人送妳。二是暫時留在曲漩城，待形勢穩定後再走。妳選那一種？」

敖瀟的兩個提議哪一個都不是完美的，但這已是他目前能想到的最穩妥的方法。可以的話，他希望在未有大事發生前芙蓉會選擇回京，可惜以他對芙蓉個性的理解，知道有事發生後想讓她置之不理很難，想要她先行離去更難。

事實上，敖瀟並沒有得到把仙界還在調查的事告訴芙蓉的許可，正確一點來說，敖瀟自己也不知道全部的情況。大部分仙人現在也只知道天宮展開了大規模的調查，事緣正是姬英在京城中引起的風風雨雨，結果一查之下發現，姬英只是很多零碎事件中較嚴重的一件。

由東嶽帝君親自問出來的情報可信度極高，但可惜，即使是帝君也無法從姬英身上問到有關假造輪迴書的事，唯一能推測的是在姬英背後推波助瀾的是仙界一向的敵人，那幫邪魔外道集合而成的所謂妖道眾，那本假造的輪迴書應該是他們的傑作。

他們的目的為何尚未理清，天宮是認為姬英的事和零碎發生的仙人們被襲事件是相關的。敖瀟擔心這次龍王浮碧失聯也和這事有關，否則玉皇不會要求水晶宮嚴陣以待。

「比起我的選擇，敖瀟你不認為應該先告訴我背後的原因嗎？別想跟我收什麼情報費，你不說，我就寫信去問玉皇是不是有大事發生，先告你一狀，說你意圖把我一起拖下水！」

威脅別人這種事芙蓉也會做，反正是敖瀟先威脅她的，現在有機會若不先給對方扣上大帽子再討價還價，實在對不住自己呀！

「妳真大膽，竟然敢威脅為兄呢！」

「大家彼此彼此吧！」

芙蓉哈哈笑了兩聲。這句彼此彼此她說得真心虛，人家水晶宮六皇子會紆尊降貴的和她互稱彼此才怪！

但敖瀟卻沒有生氣，他只是嘴角勾起一道令芙蓉心驚的詭笑，又上下的打量了她一下，芙蓉直覺自己的欠帳總額有危機了！可敖瀟只是維持著詭笑的表情，似乎沒打算現在進行敲詐和索償。

第九章

雞皮疙瘩已經冒很多次了呀！

「世道不平靜，妳突然從京城跑出來，不怕嚇壞仙界那些主事人嗎？還是說有腦子進水的人不知死字怎樣寫，膽敢在這種時候讓妳一個人帶著小仙童跑出來？」

敖瀟的笑容中隱約多了一絲殘酷的成分，他黑心的期待著事後雷震子被教訓的慘狀，敢把他們水晶宮借出的東西弄丟，到時候他一定會記得去湊熱鬧多踩幾腳。

「什麼不平靜了？」不知道仙界目前情況的芙蓉一臉的不解。

當然，她是有和仙界的友人們保持聯絡，潼兒也一直有用他那面小銅鏡把他們的情況向東王公報告。但報喜不報憂，和芙蓉或潼兒有聯繫的所有仙人並沒有向他們透露仙界目前在調查的事，就是怕在凡間的他們知道了會因為好奇而出事。

雖說他們身邊有塗山這個千年狐仙充當臨時監護人，但妖道中也不乏上千年道行的大角色，萬一這些大妖跑了出來發生什麼衝突，塗山也不見得能佔上風。

「舉個例子，就好像雷震子向水晶宮借避水珠的事，以為兄所知是因為南方水鄉那邊出了點問題，他就是需要過去處理而來借寶貝的。妳不覺得這很奇怪嗎？」

要讓對方簡易的明白，用她身邊接觸得到的人事物做代入是最好的方法，敖瀟的個性不喜長篇大論的解釋，也做不慣，循循善誘他絕對做不出來。

「雷震子大哥是天將之一，天宮有任務讓他去做也不是怪事吧？」

沉吟了一會兒，芙蓉回想自己這陣子是否有遺漏過來自仙界的任何訊息，她知道以玉皇愛瞎操心的個性，是不可能主動把壞事情告訴她，她也想盡量把事情往好的方向去想。不過細心的一想，這段時間哪吒三哥哥不時和她書信聯繫，這次她才遇到歲泫，三哥哥的溫馨提示就到了，再往前回溯一下，三哥哥一開始就讓她別理雷震子的提議了。

果然，不聽三哥哥的話她就要吃虧了。

「雷震子雖然不太靠譜，但好歹他也是天宮所屬的高階天將，要出動這樣位階的他，不就是問題了嗎？到底是什麼事要勞煩高階天將直接出動？」

敖瀟心想芙蓉是太過習慣看到那些高階仙人了，習慣到產生錯覺，認為他們下凡出任務和她自己下凡工作抵債的程度差不多嗎？

一般來說，天宮那些高階的天將們真要出動，要對付的對手級數可想而知不會太低，不然哪會需要實力強大的高階天將出手。

完全沒想到這個問題的芙蓉摸著下巴思考了一下。敖瀟說得這麼明白，她自然知道當中的問題點了，但雷震子大哥給她的印象就是有空便去幫忙布天雷等等，很少見他跑去捉妖除魔，因為他在仙界過得太沒有天將的形象，她哪想像得到這次他借避水珠是有這種危險任務在身！

「難道不是因為雷震子大哥很窮嗎？」

「該說妳是遲鈍還是天真好呢？」

「你管我！那到底是出了什麼事這才是重點，別岔開話題了。」被這樣當面嘲諷，芙蓉也不禁微紅了臉，故意裝模作樣的輕咳兩聲自行化解尷尬。

「各地相繼有報告說妖道們有異動。」見她終於明白，敖瀟覺得說到這程度也就夠了。

「妖道……」芙蓉沉默了。

一些不入流的妖怪或是魔道，芙蓉見過天將處理不少，但是真正會有危險性的妖道除了姬英之外，芙蓉還沒真正遇過。

如果每一個都像姬英般有這麼深的道行，那麼天將們一定會忙翻了。

「龍王行蹤不明和這些妖道異動的事件有關？」

這是最簡單直接的聯想，這裡有大事發生了，而又知道了有一批人在蠢蠢欲動，會覺得沒關聯才怪。

「不知道，或許有關，也可能是各不相干的事。」

「怎麼可以是這麼模稜兩可的答案？」

「為兄的確是不知道，浮碧的失蹤是否有關還沒查明，自然不可以妄下結論了。」敖瀟對這一點很堅持，他是希望事情簡單化，要是和妖道有關就變得麻煩得多了。

「那你快點查清楚呀！」變得很在意的芙蓉催促著。

同為仙界的一分子，芙蓉不太喜歡那些總是無風起浪的妖道們，不過她倒沒想過非我族類者趕盡殺絕，最多是懲治生事者就夠了。

「為兄這不就是在查嗎？」

「我感覺不到你有落力的去查。」芙蓉斜眼打量了敖瀟一下，山長水遠走到這裡碰了一下湖水就打道回府，這算是很落力嗎？

「這還真是天大的誤解！為兄做事永遠都是要先做足準備的。」

※　※　※

當芙蓉和敖瀟兩個人回到曲漩縣城的城門時，已經過了中午。

在初春仍冷的天氣中，芙蓉竟然走得渾身冒汗，但要她少穿一件衣服或是拿扇子出來搧風又太冷，但什麼也不做她又覺得熱，所以當她終於看到城樓時是多麼的高興，終於可以好好坐下來喝杯茶，或許洗個澡會更好。

她想現在自己的表情一定是充滿了欣喜，步伐也變得輕快，都要搶先走在敖瀟前面了。

「妳這毛躁的樣子被……看到了一定會被唸。」

「誰會唸我啦！」

芙蓉先是不以為然的反駁，又走了兩步後她突然臉色大變的轉過身，臉色青白不止，表情更像是見了鬼足足嚇了三天三夜一樣。

敖瀟很努力的憋著才忍住笑意，芙蓉的表情變化實在是太大了，而且他剛才好像已經把那位的名字消音了。

「不……還有他絕對敢唸我，糟糕了……糟糕了……」剛才還在說冒汗的芙蓉，現在不住的搓著手臂，從露出袖口的手腕看到一片雞皮疙瘩已經冒了出來，她這副驚慌失措的樣子真的跟中邪沒多少分別。

「聽說帝君最近很忙，不會特地跑來唸妳的。」

「不……帝君可能會先記著，然後一次過跟我算帳……」

「妳想太多了吧？」

「才沒有！帝君一定會這樣做的！」

「原來妳是這麼了解帝君呢！」

敖瀟這話本是無心，只是順著說下去，但他才說完，芙蓉的表情已經告訴他——他說錯話了。

他無心的一句話聽在芙蓉耳中就像是世界將要末日的宣告吧？她和東嶽帝君之間怎樣想都只會是凶猛的貓和可憐小老鼠的組合，她竟然被人認為很了解帝君，這叫她情何以堪呀！

「妳當是知己知彼、百戰百勝，不就行了？」

「……沒有天敵的你是不會明白我現在的感受的。」

「的確不太明白，為何芙蓉可以面不改容的把帝君歸類為天敵還宣之於口。」

「呀……」芙蓉抱頭慘叫了一聲，她哀怨的瞪著敖瀟但矛盾的不敢發作，因為她怕。原來她不想讓東王公聽到她的負面消息，其背後真正的原因是因為天敵的存在嗎？

「小心看路，看妳一下子就失魂落魄的不像話。」無法忍受芙蓉像蛇行般走出一條詭異的曲線，敖瀟伸手拉住了芙蓉的手臂，直接把她夾在身邊走過城門。

以敖瀟一身華麗的行頭，頂著凡人最基本欺善怕惡本性的大部分官兵也不會主動上前招惹，但要是人人都可以管好自己的嘴巴，天下恐怕早就太平很久了。

敖瀟和芙蓉這對詭異的組合回來時，官兵心裡的好奇不敢表現出來，但當敖瀟改為夾著芙蓉走過城門就變得不一樣了。他們人還沒走遠，在水晶宮身分高高在上的六皇子殿下已經聽見自己成為別人口中八卦的主角。

他的耳朵也很靈敏，有人在他背後談論他時就更加敏感。

那是兩道不算好聽的男聲，帶著刻薄的聲音在某程度上反應著人的本質，加上喜在別人背後說三道四，敖瀟還沒見人就先標上一個負面標籤了。

「那不是上次和那個落魄道士同行的姑娘嗎？」

「這次身邊換了個人，還是個看起來很富貴的爺呢！」

本來失魂落魄被敖瀟夾著走的芙蓉並不認得這些官兵是誰，只是其中兩人一開口，那語氣和出言不遜的內容立即讓芙蓉記起——他們就是那天她和歲泫進城時多嘴的那兩人！

「似乎他們是妳那新寵物的死對頭，不過竟然把是非鬧到為兄頭上，今天他們算是完了。」

芙蓉想說句子前半句基本上是多餘的，敖瀟突然停下腳步放開了她，高傲的他像是被褻瀆似的板起一張冷臉。

板起臉來會發出冷意的人，芙蓉認識的不少，為首的自然是她的天敵——東嶽帝君！居於首位的帝君不用特地板臉也已經夠冷，接下來連一臉狐媚愛笑得眼睛彎彎的塗山板起臉，也會讓芙蓉感到冷厲。

而現在敖瀟所表現出來的冷，卻又有點不同，充滿了輕蔑。膽子小的甚至有可能把這份輕蔑錯誤的理解為殺意。這還不是看到敖瀟眼睛的情況，對上眼的話一定會嚇死。

敖氏所有的人大概都是這種性子，個性高傲，自視甚高但又離奇的沒有很離群，不喜歡聽違逆的話，他開你玩笑沒問題，換你開他玩笑就是罪該萬死。

「你別把歲泫說成寵物這麼難聽，他沒有惹你。」被夾在旁邊的芙蓉看到敖瀟現在的模樣也不禁先打個冷顫，慶幸著不是自己惹毛了他。

「為兄只欣賞有骨氣的人，妳的新寵物暫且算是過關。」敖瀟挑了挑眉，不提他之前故意威嚇歲泫的事。「妳先回去，這兩個人對為兄的冒犯要好好處理，說不定他們也有些許的利用價值。」

「等……等等！你別玩出人命了！」

「放心，為兄分寸會拿捏得很好的。」敖瀟勾起一道冷笑。

芙蓉看到敖瀟長睫毛下的泛藍眼睛透出危險的訊號，現在是他狩獵玩具的時間，就像貓要抓捕老鼠但不是為了果腹般，只是為了玩弄。

想起來敖瀟的原形也是一身鱗片，只是比蛇多了四隻爪子、一對角還有鬚而已。想到這一點，最討厭蛇的芙蓉不由得渾身打了個冷顫，不敢再多問一句就往城裡飛奔逃跑了。

所以說她才不想去水晶宮作客！萬一從水晶宮看出去，發現一堆回復原形的敖氏族人在游泳，那她要不要尖叫？一旦叫了就得罪全部人了吧？

這樣一想，芙蓉不再覺得熱，反而汗毛直豎覺得冷了。

※　※　※

在大街上走了好一會兒，曲漩城內的路芙蓉根本認不得多少，每個街角看在她眼中都差不多，行人又是大眾臉，加上她來了曲漩沒幾天，也沒試過大白天跑去珍寶閣，越走下去芙蓉就越覺得自己偏離了該走的方向。

本來還有快捷又便利的方法就是鎖定潼兒發出的靈氣作路標，但不知道是不是敖瀟在珍寶閣內放有隱沒氣息的那種珠子，芙蓉發現她根本就無從入手，完全鎖定不到這城內任何一個特定人物。

一定是那種陰險的珠子！怪不得昨晚她沒察覺敖瀟這傢伙就在寶庫中呼呼大睡！

但現在認不得路是事實，唯今之計芙蓉也只好向路人問路了。

「借問珍寶閣在哪個方向？」

「姑娘問的是那家很暴發戶的店？」

被芙蓉叫住的路人眼中閃著驚豔的目光，連芙蓉已經道謝完走開了，他還看著她離開的方向，久久沒有回過神來。

得到路人指路，芙蓉總算能朝目的地前進，上一次闖進珍寶閣寶庫她是走後門，沒有看過珍寶閣大門過分堂皇的裝潢。

站定在街上細細的品評過後，芙蓉不由得萬分同意剛才那位路人的話。這家由水晶宮經營的珍寶閣，真的給人一種很欠扁、很暴發戶的感覺。

生意人是常把金漆招牌這類詞彙掛在嘴邊，但當一家店子的招牌真拿了不少金子去裝飾後，芙蓉反而覺得有種莫名的違和感。最令她哭笑不得的是珍寶閣還知道全部用金子會太俗，故意加了其他素材進去，但效果仍是豪華到讓人覺得這裡是那種非大富大貴、走起路來不夠瑞氣千條的人都不敢進去，甚至不夠格的人走進去會羞恥到挖洞躲藏。

芙蓉還呆在門口外做心理建設，知道她來到的掌櫃已經出來迎接了。

「芙蓉姑娘，請原諒卑職用凡間的稱呼了。這邊請。」

「掌櫃不用太客氣，芙蓉也失禮了。」伸手不打笑臉人，芙蓉也很懂規矩的，人家水晶宮派來凡間當掌櫃的地位會低嗎？叫她一聲芙蓉姑娘是很給她面子的了。

說起她的仙階，恐怕在還清債務前都不會有一丁點的提升吧？

芙蓉跟著掌櫃走到店裡的後堂，越過店面，後方還有很多廳室。掌櫃領著芙蓉走到最大的一個廳室前，在門打開的一剎那，芙蓉看到一幕幾乎令她氣絕及震驚的畫面。

一個青年和一個小男孩；一個坐著、一個站著；一個臉帶瘀青、一個一臉擔心……

這是怎麼回事？

還好潼兒是小男孩的打扮，如果他還維持著王府中小丫頭的裝扮，在這一刻開門的不是她而是歐陽子穆的話，那王府一定會發生很可怕的事。

臉上有瘀青的那個也不用再療傷，直接包一包讓他往地府報到會更快。

不好！芙蓉摀住自己的嘴，剛才她自己主動想起了地府二字，一手臂的雞皮疙瘩冒出來了！

「芙蓉妳回來了！」

「……是呀！我回來了……」芙蓉表情僵硬的回答，其實她最想問的是：為什麼潼兒你會一臉擔心的幫歲泫擦藥呀？

她剛才差點被這畫面嚇死了。難道她才走開一會兒，潼兒和歲泫就吵起來，然後大打出手？但以潼兒的個性，他要氣到什麼地步才會打人？潼兒並不會用法術對付凡人的，那就是潼兒赤手空拳把歲泫打成這樣的囉？想不到潼兒原來這麼凶猛！

「才幾個時辰不見，你們怎麼變成這樣子？」

「芙蓉！歲泫他在外面被打了！」

潼兒這聲喊得委屈，害芙蓉又胡思亂想的以為他們兩人跑出去遇到惡霸，而且是很老土的惡霸看上潼兒的那種。

不過，她立即否決了這個可能性，惡霸幹什麼要看上小男孩！

暫時想不出給什麼反應的芙蓉看著潼兒把藥物收起，正當他想用小法術幫歲泫消去臉上的青紫時，卻被當事人拒絕了。歲泫說要是明天外出時沒了瘀青會引人懷疑。他堅持得很，潼兒也只好用凡人的方法幫他敷藥了。

「被打了？誰打你？是不是那幾個長了一張賊臉的官兵？一看就知道那幾個不是好東西，早知道我就親自動手了，才不讓敖瀟去。」

歲泫被打，芙蓉第一時間懷疑城門口那些多嘴、態度又差的官兵，畢竟光天化日之下有膽打了人不怕被抓的只有兩類人，一種是有官府撐腰的，另一種是不把官府放在眼內的。

下凡應對手冊上有說，要對付前一類人，展現出比他們更大的權勢是最快最簡單的方法，而後者用壓倒性的武力制服是最省力的。這樣說來，似乎這兩類人真的很適合交給敖瀟去處理，他一個人就把兩個類型都包辦了。

「芙蓉姑娘說六……六公子親自動手教訓？」佇立在旁的掌櫃瞪大了眼睛，嘴巴驚訝得可以塞下一顆大雞蛋了。

「是呀！他說那幾個官兵對他來說可能還有利用價值，獰笑著主動出手了。」

「噢！」發出這聲輕呼後掌櫃冷靜了下來，好像剛才的驚訝是幻覺般只是曇花一現，過後還若無其事的跑去泡茶給芙蓉。

「等等！掌櫃你那聲不是嘆息、不是驚嘆的聲音是什麼意思？」潼兒和芙蓉不約而同的問，掌櫃態度的轉變實在太大，他們兩個實在沒辦法當作沒事發生。

「沒什麼。只是曲漩縣衙大概會人手不足一小段時間。」掌櫃的表情就像是在說今天天氣如何，明明話裡提到有人會被整得不能回衙門當差了吧？

話說回頭，紙窗外的天色好像突然暗下來，剛才還一片陽光明媚，現在卻布滿了烏雲，失去了陽光的照射氣溫也跟著明顯的下降了。

潼兒和歲泫看向與敖瀟一起外出的芙蓉，只有她知道敖瀟當時說要教訓人的情況，潼兒的眼神甚至在詢問她為什麼見死不救似的。

怨枉呀！她真的什麼都不知道呀！

「呃……敖瀟說過不會出人命的！」

「各位請放心，這方面六公子很會拿捏分寸的。」掌櫃這樣說的時候，視線不自然的移開了。

這是說謊的反應，看得芙蓉三人都要冒冷汗了。

這方面？難道敖瀟經常下凡來找不順眼的人出氣嗎？還很會拿捏要整到什麼程度？想到敖瀟可能會用到的手段，芙蓉和潼兒心裡希望從今天開始曲漩不要增多一件在民間流傳的靈異事件。

「話說回來，到底是誰打了你？」

芙蓉雙手扠腰，她就不相信由珍寶閣掌櫃親自帶回來休息的兩人會被店裡的人欺負，敖瀟是掌櫃的主子，而掌櫃管理著店裡所有的伙計，他們即使心裡瞧不起歲泫，卻也不敢做什麼的。敖瀟也不會容許這麼損面子的事情發生。

歲泫是被掌櫃帶著進珍寶閣的，難道街上仍有惡霸敢上前找碴嗎？

「就是街上的一些惡霸……姑姑……我只是小傷，沒事的。」

「那為什麼會遇上了？別騙我說他們有膽子跑到珍寶閣生事喔！這是不可能的。」

「對，你就說吧！」潼兒也開口勸說了，顯然他剛才還沒問出事發經過。

芙蓉向潼兒投去一個詢問的眼神，先把潼兒也知道的事情弄清楚再迫供可以事半功倍。

「我們向掌櫃問起了龍王的事，聽完了掌櫃的形容後，歲泫說出去打聽一下有沒有相關類似的消息……」

接著，歲泫支支吾吾的解釋自己被打的經過。在芙蓉和潼兒面前他不敢說謊，但又覺得自己被打得滿臉瘀青的回來很丟臉。他沒兩三下就被人打趴掛彩回來，最丟臉的是他出師未捷身先死，打聽消息的目的也沒達成就被打飛了。全是因為他跑到不應該去的地方……

「跑到不應該去的地方？難不成那個浮碧在縣衙的牢房，你去劫獄，然後被獄卒打了？」

「當然不是了，牢房根本闖不進去的。」不等歲泫回答，潼兒先沒好氣的否定了芙蓉沒營養的假設。

「那你是跑到什麼地方去了？」

「呃……」歲泫為難的看了看芙蓉，見她瞪了自己一下，他又很無力的看向潼兒，但是面對潼兒那清澈的眼睛，歲泫實在不敢把剛才他被圍毆的地點說出來。

「不能說的嗎？」

「坦誠從寬、抗拒從嚴。要是不誠實的話，我就讓你試試我新挑戰的自白丹藥……」

「不！歲泫你快說，吃了芙蓉煉的丹藥一定會死人的，會比被帶到地獄勾舌頭更痛苦的！你快說呀！」丹藥二字一出，被恐嚇的當事人還沒任何知覺，但深知芙蓉煉丹威力的潼兒先尖叫起來。

芙蓉的煉丹術永遠是潼兒的惡夢！

沒有人敢說歲泫的身體構造和李崇禮一樣，喝了芙蓉製作的東西會沒事，萬一現在吃死人就糟糕了！

「喂！潼兒……」芙蓉當然想反駁，她絕對不同意自己的丹藥會比地府的勾舌頭酷刑可怕！還有，為什麼又要把地府扯來一起說？她一聽雞皮疙瘩又來了，她今天已經冒過很多次了呀！

「我跑去賭坊……就是紅牌坊附近那一帶……」從潼兒的急切中感覺到自己的生命已經備受威

脅，基於人都是有求生本能的，歲泫二話不說把自己的目的地說了出來。

「賭坊？紅……紅牌坊？那種三教九流的地方？」芙蓉挑起眉毛，眼中透出些許的不信任，總覺得歲泫話中除了賭坊之外，他應該還有沒交代出來的事，但看他的樣子也不是想故意隱瞞，反而像是不好意思說。

賭坊她知道，可紅牌坊是什麼地方她一時之間還想不出來，但是和賭坊湊在一起同樣很容易惹到人被揍的地方會是什麼？為了解開這個疑問，芙蓉直接從袖子中摸出了應變手冊，查找目錄後她飛快的掀到要看的頁面，然後臉色微微一變，在潼兒伸長脖子想看內容前把書合上收起。

把一記詢問的視線扔向歲泫，在得到他點頭認同後，芙蓉決定跟著閉嘴了。

賭坊一帶自然是三教九流，但是在賭坊附近說不定只是拐個彎就會來到一片煙花之地。當然，不是真的用來放煙花的地方。芙蓉在指南書看到妓樓和賭坊等不良事業的關係後，就明白為什麼歲泫在他們面前想說又不敢說，一副支支吾吾的樣子。

說了出來有可能除了歲泫會尷尬之外，其他人不會有太大反應，掌櫃紋風不動，在門後偷聽的伙計們也心知肚明，連同芙蓉在內所有人的視線一起看向了全場中年紀最小的一個。

他們不是認為潼兒會天真到連妓樓是什麼都不知道，但是在小孩子面前說這種話題實在不妥。

芙蓉更有點擔心，說不定比她博學的潼兒還能朗朗上口的述說妓樓這一行業的演化。要是這樣，芙蓉還寧願潼兒天真的問她妓樓是用來做什麼的好了。

「你跑到那種地方打探了？」

歲泫點點頭，接著又覺得羞愧的垂下了頭。他知道自己跑去那種地方不對，修道之人自然該守著一些戒條，煙花之地不該去，賭博也不該涉獵，對歲泫這個老實人來說，光是踏進那條街的範圍已經是出盡九牛二虎之力了。

這次會被毆打，主要也是因為他看上去一副格格不入的樣子，沒走幾步就被幾個彪形大漢夾著拖到後巷警告教訓了，被拖走也只是被打了些瘀青回來，那些不良大漢已經手下留情了。

「曲漩的賭坊和那些……都是靠在一塊開的，外表好看些的人一旦落難，在那些地方能找到的可能性會大一點呀！」面對芙蓉審視的表情，垂下頭羞愧中的歲泫弱弱的解釋。

「你這是什麼理論？曲漩原來是這麼危險的地方嗎？」芙蓉叫了起來，為什麼歲泫這個本地人會說出這麼可疑的評價？為什麼長得好又落難就很容易在那邊找得到！你們曲漩的本地人是這麼容易就被賣掉的嗎？

「竟然會被賣掉嗎？」

「欸？潼兒你竟然猜到我們說些什麼？」

「芙蓉你把我當傻瓜耍嗎？妳和歲泫的說謊技巧實在不是太理想，再說芙蓉妳手上的那本指南書我早就看過了。」

「呃？是這樣的嗎？」

「當然了，若我不先做好功課就跟著妳來，便真的等著和妳一起被賣掉再幫人販子數錢了。」

潼兒帶著一絲天真可愛的笑容加上辛辣的用詞，讓芙蓉差點氣炸，現在用七竅生煙來形容就最貼切了。

「不然就不會遇上六殿下還被威脅了嘛！」潼兒小聲的嘀咕著，要是被芙蓉聽到，恐怕會從七竅生煙進化為七孔流血了。

第十章 龍王的頭上到底有沒有角？

敖瀟比芙蓉晚了大約兩刻鐘回來，身上華麗的衣著沒有一絲一毫的改變，不過明顯臉上多了幾分愉悅的神色。能讓敖瀟露出這樣愉快的表情，那些官兵一定遭受了很悲慘的對待吧？

作為珍寶閣幕後大老闆之一的敖瀟，自然而然都是坐在首位上的。

看著掌櫃和珍寶閣內其他的下人把敖瀟當成是土皇帝般服侍，沒看過這等排場的歲泫目瞪口呆，滿是瘀青的臉維持著一個呆滯樣。

外出回來的敖瀟接過奉上的茶喝了一口，又拿了片呈上的雪白香梨吃下，擦嘴用的也是絲帕。仔細一看，敖瀟用的所有器具都是價值不菲的貴重品，說不定寧王府的李崇禮日常也沒敖瀟這般講究。

芙蓉知道李崇禮不愛這些排場，所以才總是一個人待在正苑，如果要說他身邊最名貴的日常用品是什麼，除了那些被吃下肚子的藥材之外，就數書房裡那些文房四寶了。

「也真虧你想到跑去那裡找龍王了，你腦子到底在想什麼？堂堂一位管理凡間湖泊的尊貴龍王，會跑去那種烏煙瘴氣的地方嗎？哪個人販子敢連龍王都賣？」

被敖瀟這樣一說，歲泫不好意思的紅了臉，他也知道跑去那種地方找人很奇怪，但他就是有一種在那裡會找到人的直覺，於是才想試著去碰碰運氣，誰知他剛走進去幾步就被打趴扔了出來。他真的想強調自己在賭坊附近打聽過沒消息後，只是在紅牌坊旁邊偷看了一下，腳都還沒踩過牌樓下那條無形的線，就已經被人拖到一邊暴揍了。

「不過，離開了龍宮的龍王可以去的地方實在有限，凡間地仙這麼多，總會有地仙發現他的行蹤吧？曲漩有沒有龍王廟？」

芙蓉認真的想了一下，敖瀟說當務之急是找出龍王的去向，那麼他一定已經做了什麼準備了吧？能查的他應該一早已經命人辦好，現在只是在等結果而已。

現在事情可能和妖道扯上關係，作為仙界的一分子，斬妖除魔是義不容辭的事，芙蓉心裡已經做好心準備要略盡棉力幫忙了。或許她幫不上什麼，之前面對姬英那樣的對手，芙蓉已經深切體會到自己實力的渺小，想要和那種層級的妖道對抗，她這小女仙是真的無法有什麼作為。不過芙蓉卻認為自己還是有能幫上忙的地方，她有這樣的預感。

目前想得到的，就是在不幫倒忙的情況下協助查明龍王浮碧失聯的事，還有更重要的是，小心不要讓自己和潼兒落難變成人質。

連不算太熟的敖瀟也說，如果她要回去他就派人盯著她回去，可見妖道的蠢動的確帶來一定的危險性，她和潼兒平安無事的從京城跑出來說不定只是好運罷了。

雖然仙界很多疼她的友人都在悄悄的幫她一把，但芙蓉時常告誡自己不能把一切視為理所當然，明知道有潛在危險還亂跑出去送死等人救，是最要不得的！最起碼自己能選擇時，不要主動去選一條給別人添麻煩的路。

她不會說自己寧死也不要別人救自己，姬英那次是九天玄女在整她，沒辦法之下她不得不求救，但之後她要懂得量力而為才行。

「有的，芙蓉姑娘。就在城北那邊有唯一一座龍王廟。」同樣是曲漩地頭蛇的掌櫃立即回答。

「想必裡面放的造像一定又是那種龍頭人身的吧？要是龍王本人跑去龍王廟說不定會嚇昏，那麼到龍王廟附近找一找可能就會找到了。」芙蓉想起上次親眼對比過的二神真君本人和造像，那次她已經覺得很經典了，但如果是龍王造像，就更經典了！

敖氏一族是絕對不會把自己弄成半龍半人似的出門見人的。

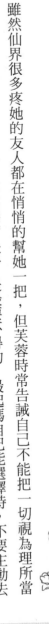

「妳是認真嗎？」意會到芙蓉想表達的事，敖瀟實在笑不出來，那種半龍半人的造型當然不合他的心意，簡直是在敗壞他們敖氏一族的形象。不過，他不會和凡人斤斤計較，他在意的是芙蓉說龍王會嚇昏，這簡直是侮辱了他們水晶宮成員的素質！

「我沒說錯嘛！凡間那些造像的形象每個都很糟糕，每次看都給人驚奇又好笑的感覺。」芙蓉心想要是有一天她也變成擁有小廟的高階仙人後，自己的像被造成奇怪的樣子，她一定會連夜把那些像都砸了。

或許覺得不能再讓芙蓉把龍王的造型固定在半龍半人這形象上，敖瀟若有所思的瞟了口腫鼻青的歲泫一眼，他跑去那些地方找人的想法是荒唐的，但是不無道理。細想了一下，他又把視線移到恭立在旁的掌櫃身上。

「文房四寶。」

「是的，六公子。」

掌櫃領命退了下去，轉眼他已經讓一列下人把敖瀟吩咐的東西打點好，速度之快令芙蓉三人瞠目結舌。

這大廳中本來沒放著案桌，不過敖瀟才一開口，一張要花六個大男人出盡氣力才抬得起的書桌就被搬了進來，而敖瀟也從一盤由下人小心端著奉上的宣紙中選出了他想用的紙。

「太講究了吧？」在王府侍奉李崇禮筆墨的潼兒，認出敖瀟在選的很多都是高級到不行的紙品，有部分宣紙更是在京城也是令人趨之若鶩的名品。

挑好了紙，讓下人鋪開在案桌上，敖瀟並非在上面題字，而是在畫丹青。

「我現在最討厭錢太多的人了。」

芙蓉癟著嘴，看著那些很值錢的紙張上開始被畫上墨黑的線條，換算一下，萬一敖瀟畫壞了就好像燒銀票一樣。雖然她欠下的債項無法用凡間的金銀財帛抵債，但這是心情的問題，她落入不得不開源而且要無限節流的窘境，可眼前卻有個錢多得像是花不完的財閥，隨手用的東西足以讓她傾家蕩產，要她心理如何平衡？

「沒辦法，在這個珍寶閣中找不到便宜的東西。」潼兒感慨的說。

敖瀟畫畫的速度很快，芙蓉三人的茶杯也只不過是添過一次茶水而已，敖瀟卻已經停筆，喚人過來把用過的筆具收走。

一幅和凡間繪畫風格有異的半乾丹青鋪在桌子上，要不是畫本身還沒乾透，恐怕敖瀟那些下人中會跳出一個說他其實是裱裝的工匠，現場直接把畫裝裱了。

閒閒喝茶的三人不約而同湊了上去，圍著案桌圍觀起來。畫的筆觸反映著下筆者的個性，這幅丹青也同樣反映著敖瀟高傲的個性，他每一筆都龍飛鳳舞般。不愧身為水晶宮的六皇子殿下，敖瀟的書畫能力很強，雖然筆觸有點略欠細膩，但仍可說是栩栩如生，完成後畫中的人像是真的在看著你微笑似的。

「這是……」芙蓉好奇的看著丹青，畫中是一個長髮男子，那頭長髮是芙蓉見過最直的，頭上並非戴著正式的頭冠，而是一些細碎的頭飾。他的臉，芙蓉沒有印象以前有見過面，但一看就給人敖氏一族的感覺，有一雙氣勢凌厲的豎瞳，但其他五官的線條卻比較柔和。

敖瀟花時間畫他出來不會是單純表現自己的繪畫能力，這位畫中人，十成十是現在已經失蹤了的龍王。

「他就是浮碧。」

敖瀟故作冷靜的說著，芙蓉卻覺得他像是在生悶氣似的。她把視線放回丹青上，越看越覺得敖瀟在裝沒事，如果不是熟識的人，單憑模糊的記憶是不可能畫得這麼真實的，那位失蹤了的龍王恐怕和敖瀟是深交吧？

「原來真的是沒有角的……」

「歲泫！」聽到歲泫的喃喃自語，芙蓉慌忙的阻止他說下去。「敖瀟不就站在你面前、也是沒露出角來嗎？要是你看到他把角露出來，可能就是你的死期啦！他會把你滅口的。」

「他們都很堅持龍形就是龍形，人形就是人形，兩者各半視為恥辱呀！」潼兒也拉了拉歲泫的袖子，提醒歲泫不想惹火敖瀟就不要問為什麼他沒把角露出來了。

歲泫有點茫然的看著那張丹青，裡面的龍王形象和他想像的相差太多，雖說眼前的六皇子敖瀟聽說真身也是一頭龍，但畢竟稱呼上只是喚他一聲六公子，和龍王這兩個字的分量相差太遠了，一旦敖瀟沒有把威壓散發出來，歲泫很難把他和龍劃上等號。

丹青中的龍王也是一樣，畫中人長得眉清目秀，他最特出的是眼角的睫毛被敖瀟畫得很長吧？雖然臉形比較秀氣，但一雙眼睛足夠給人威儀的感覺，整體這位浮碧給人的印象就像是書卷氣較重的武將一般。

以歲泫的眼光，認為畫中人的長相已經無可挑剔，不過比起他的驚嘆，芙蓉和潼兒看著畫像都一副若有所思的樣子。

以為他們是為了什麼事變得凝重，仔細一聽卻發現芙蓉和潼兒在討論這位浮碧龍王在仙界美男子排行榜上的位置，因為好奇而靜靜在旁邊聽的歲泫驚訝的發現，他覺得沒什麼地方可以挑剔的龍王，其排名竟然進不了前二十名！

歲泫不禁想那排前三的人物到底是長成什麼樣子？恐怕這些人物一出場，發出的光芒已經能閃瞎所有人的眼睛，大家只記得看到一團強光罷了。

「要排進由女仙票選的排行榜中，不能只是長得好看就行喔！人品風度也是很重要的。」

「哦……」那是一個歲泫無法理解的世界。

「崑崙的女仙們都很可怕的呀！」潼兒小聲的說。他心裡最想說出口的是，身邊有個不算屬於崑崙的女仙也一樣很恐怖的呀！

「潼兒，禍從口出，說不定九天玄女在監聽著呢！」沒意識到潼兒說的是自己，聽到崑崙女仙四字芙蓉忘不了九天玄女的刁難、那些跑下來助陣的玄女支持者，還有一眾女仙應玄女要求不能幫她的事。

「提起她心情就會不好，別提她了！」

「為兄第一次見到有人敢在背後說九天玄女的壞話。」敖瀟忍住笑意。對於那位生人勿近的女仙，敖瀟私下也聽過朋友吐過不少苦水。

「玄女的人緣又不是特別好。不過，若換了是敖瀟，你一定會考慮要面面俱到，被玄女氣死了也不會說她什麼吧？」芙蓉不屑的瞟了敖瀟一眼，她的猜測可是有根據的呀！她就不信敖瀟會願意為了一口氣和九天玄女對著幹，他雖然高傲，但卻很會顧全大局。

不過，如果他們打起來，敖瀟雖然不是個很討她喜歡的人，但她一定會站在敖瀟這邊，吶喊打氣好等敖瀟打趴九天玄女。

「妳太小看為兄了，對方敬為兄三分，為兄自會回敬一丈，但也是對方先客氣的情況下。」

言下之意，九天玄女絕不是客氣的那方。

「那你放心好了，玄女最擅長的就是對人不客氣。」聽到敖瀟話中暗示的意思，芙蓉悄悄的把敖瀟列為對抗玄女大聯盟的潛在成員。

敖瀟沒接著說，他不會興高采烈的和芙蓉談論九天玄女的為人，那位難相處的崑崙女仙也不是他要套交情的對象，點頭之交罷了，沒必要特地拉攏，但也沒必要在背後說什麼。

「不過看完浮碧的丹青後讓我有一點意外，我還以為龍王大都長得和鍾馗大哥有點相似的。」芙蓉用拇指和食指支著下巴，半瞇著眼睛，表情像是苦惱著。

她的疑惑引來最大反應的不是敖瀟，反而是潼兒先一個站不穩。

「妳那是什麼錯誤認知？」敖瀟額角好像冒了個小青筋出來，他們姓敖的有哪一個和那滿臉鬍子的鍾馗相似了？

「我記得老龍王就是一副中老年版鍾馗大哥的樣子。」芙蓉正色道。雖然兩者個性有異，老龍王健談得多，但那滿臉鬍子的臉真的和鍾馗沒什麼分別。

「……」敖瀟一陣語塞，他家那老頭子的確說過留鬍子比較有男子氣概，所以留了一把落腮鬍，但也遠未到鍾馗那種程度呀！鍾馗那粗壯的外型，還有他的鬍子根本長得澎湃到一張臉也差點看不見五官吧！

芙蓉沒理會敖瀟，繼續看丹青。她認為如果這位龍王沒有進行任何偽裝直接走在大街上，或多或少都會引起一陣騷動，因為臉和氣質實在和這裡格格不入。

換了是京城，要找出一些氣質風度和長相可以勉強與仙人們媲美的不難，畢竟京城世家子弟眾多，這些含著金鎖匙出生的青年才俊，百人中找出一、兩個接近龍王浮碧這程度的不算太難。像李崇禮，不也長得和東王公很相像嗎？他像的還是東方仙界的主人呢！

想起李崇禮，不知道他有沒有定時喝她寫好的保健藥單呢？

※　※　※

正當芙蓉他們圍在一起繼續看著浮碧的丹青、討論著搜索方案，時間稍微往前回撥一點點。

常年被五色彩雲包圍著的仙界中心，金頂建築群把連綿百里的五色霞光折射往四方，這龐大的建築群現在正籠罩在一股緊張又忙碌的氣氛中。

玉皇所在的天宮，是仙界一切行政的中心樞紐，裡面既有為數眾多的天官忙碌處理著文書工作，亦有守護仙界凡間的天兵天將出入報告任務狀況，現在更是連一些平日不回天宮的天將們也紛紛活躍起來，一時之間，天宮的活動人口多了不止一倍。

在這繁忙的情況下，負責在各個殿閣備茶打下手的小女仙和小仙童們，成了最忙得不可開交的一群。仙階最小的他們，哪個仙人誰喊一聲，他們也不能用手邊在忙來推託過去，他們只能想辦法在只有一雙手的情況下，同時滿足幾位不同的天官天將的要求。

在天宮當差，可沒有在東華臺那裡舒適，小小仙童們每天都忙得筋疲力竭，連抽時間學習天宮事務也變得很困難。

所以仙人們私下都在說天宮其實是仙童人才的墳墓，想要有出路，還是去東華臺或是紫府當差的好。

話雖如此，能在不如意的學習環境下脫穎而出的仙童，大部分都是難能可貴的可造之材，而且心性也早已被繁重的工作磨練得無比堅毅。就連一些仙階高的仙人路過看到小女仙、小仙童忙碌的樣子，也少不了搖頭嘆息，順道慶幸一下自己不用操勞那些瑣碎的事。

「等等！那個水果盤是送值日星君那邊的！」

每個辦公用的殿閣後都有一間準備室，裡面的情況大都是雞飛狗走的狀態。

「那邊新來的，仙香草不可以用沸騰的熱水來泡呀！味道會澀的！」

「那個茶杯小心點！」

資深的仙童和女仙一邊指點著新來的後輩們打點一切，他們不但要記住每一位人物喜歡的茶，更要小心的沖泡，如果連一杯好茶都泡不出來，會丟了天宮的臉面。

「這裡還是一如既往的熱鬧……」掩著嘴打了個呵欠。雖然仙人不一定要睡覺，但是現在路過準備室的一名天將一雙眼睛已經累得泛紅。他的眼窩下也有一個淺淺的黑印，說明著他正在挑戰仙人最長不睡覺休息的記錄。

「很久不見了，二神真君。」遠遠看到精神疲憊的二神真君，同樣穿著一身武裝的青年特地改變了自己的行進路線，繞道過來打個招呼。

「哦！原來是三太子。呀！抱歉，我忘了你不喜歡別人這樣叫你。現在是輪到哪吒在天宮值勤的日子嗎？」看到是熟人，二郎真君高興的笑了笑。

在仙界及凡間赫赫有名的哪吒聽到二郎真君對自己的稱呼，不禁皺起眉頭，他的確不喜歡別人稱呼他三太子，甚至到了聽到這三個字會想揍人的地步。但基於禮貌，他努力的壓下不快，維持一板一眼的表情，雙手抱拳正式的向二郎真君打了個招呼。

「是的，這陣子因輪值駐守天宮的差事不能分身，真君勞累了。」

「真不習慣你文謅謅的樣子……」閉起一雙丹鳳眼，二郎真君扶著額一副頭痛的模樣。

「李天王嚴令，不・得・不・從。」

哪吒這話說得可圈可點，到底他是認同自己父親的要求而做得樂意，還是無奈之下屈服在他父親的手段之下？二郎真君只能苦笑一下應付過去，想也知道哪吒說得這麼咬牙切齒是後者居多了。

李氏一家的家暴問題在仙界很有名，李天王是個百分百的嚴父，不過哪吒卻是百分百的叛逆青年，即使不得不屈服在父親的鐵拳下，哪吒仍十分堅持自己不像乖寶寶的外型。說到底，這位青年心裡還是叛逆的。

在仙界，留短髮的仙人數目不多不少，大多數選擇把頭髮剪短的都是經常出任務的天將們，哪吒就是其中一個。

不過，留短髮並不是哪吒讓人覺得叛逆的原因，他給人叛逆不良的感覺完全是緣自他故意在左臉上畫了一個紅色線條的蓮花圖騰，雖然他使用的特殊顏料只要用特別配製的藥水就可以去掉，但畢竟是主動畫花自己的臉，也太驚世駭俗了點。

這舉動在仙界也不是每位仙人都接受得了，畢竟凡間除了被判黥面的罪犯會在臉上刺青之外，一般人根本不會這樣做，因為他們認為那是犯罪者的象徵。但哪吒卻故意在自己臉上留下這說大不大、說小又不小的圖騰。

圖案在臉上很刺眼，遠遠就能夠看到，而且平時哪吒總是擺出一張不笑的假認真表情，再配上圖騰，就令人覺得有一道無形的殺氣飄盪在他四周。

為了這個圖騰，李天王不止一次大發雷霆。偏偏哪吒的師父太乙真人從沒表示圖騰有什麼不好，也從沒反對和過問哪吒這驚世駭俗的舉動，基於李天王、哪吒還有師父太乙真人之間詭異的制衡關係，李天王才不敢枉顧太乙真人的臉面去抓自己的兒子扒皮。

總之，李氏一家父親想認兒子，但兒子只親師父不要父親，而父親卻硬把兒子管得死死的，兩人之間是嚴重矛盾的父子關係。

不過，他們的關係再矛盾、父子再反目也好，哪吒始終非常敬愛他的師父，師父說一聲不好他就一定不做，不然他早就再次變成仙界首屈一指的不良仙人了。

「我最討厭小黑屋。」

哪吒突然咬牙低吼一句，讓二郎真君差一點笑了出來，他不好意思的掩著嘴遮住嘴角的笑意，這樣真的是很失禮，但誰叫哪吒要以一張假正直、假嚴謹的臉，卻冒著青筋般咬牙切齒的說。

「我……我完全能明白你的感受，被關在塔裡的確不怎樣愉快。」二郎真君一手掩嘴、一手抱著肚子，他悶笑悶到肚子開始痛了。

「時候不早，我也該回去值勤了。」

哪吒瞪了在忍笑的二郎真君一眼就離開了。

對於這些在天宮一起工作的同輩，哪吒並不討厭，但如果他們不把他的家庭問題當茶餘飯後的話題，他會更加的高興。

哪吒一邊走回自己辦公的殿閣，一邊搔了搔頭，他其實很不滿這段時間剛好是自己負責天宮的值勤，一來待在天宮很容易跟姓李的老頭碰面，二來他的老朋友正樂呵呵的闖禍，而且連死字都不知道怎樣寫就闖了大禍，偏偏他得在天宮值勤走不開，恐怕這次他是沒辦法替雷震子擦屁股了。

「那邊當差的，給我送點茶水來吧！隨便就好，不用太過講究。」

眼尾看見一個仙童路過，哪吒隨口叫住人吩咐了一下，他也知道這些小仙童很忙，自己也不講究，隨便有杯熱茶喝喝就好。

回頭推開自己辦公的殿閣大門，哪吒的動作瞬間凝固住，他整張臉僵著的用慢動作往回倒般重新關上門，門板闔上的一刻他閉上眼低頭一笑，然後猛地轉身叫住了剛走開幫他泡茶的仙童。

「站住！」

忙得焦頭爛額的仙童一臉驚慌的看向哪吒，見這位外型帶著不良流氓味道的仙人臉部表情又是笑又是想哭似的，小仙童心裡忐忑不安，驚得差點把手上的東西都抖到地上去了。

哪吒深呼吸了三大口氣，然後用盡全力擺出了和善的表情，但看著他的表情不斷變化的仙童已經嚇壞了。

「抱歉，我改變主意了，茶給我用最好的茶葉，仔細的泡，不用急，但最重要是快！」

「……是……是的！」

帶著哭音的回應伴隨著仙童跑掉了的背影，哪吒突然覺得天宮的風很冷。

呀！頭頂好像有片烏雲飄過，都看不見太陽了。

哪吒臉上只剩下一片死灰，雙肩無力的垂下，他心裡還有點想要自暴自棄的實行落跑大計，但是他能跑到哪？跑出去遇上李氏老頭無疑是自尋死路，找師父只會給他帶來麻煩……往前進是一刀，退後一步也是一劈，還是只有他自己站出來解決了。

搔了搔一頭短髮，哪吒的苦惱心情把原本已經帶有一定凌亂度的頭髮弄得更有個性了。吸了口氣，他重新推開那扇門走進殿閣，這原本應該是令他熟悉的空間，現在卻變得無比陌生。

小心翼翼的轉身把門關上，然後哪吒恭敬的向不知道已經來了多久的客人深深的行了一禮。

第十一章 天上玉皇的煩惱……

哪吒不是那種喜歡在房間裝飾發光仙石代替照明的仙人，比起那些著重外型多於實用性的東西，他喜歡直接用法術照明，手法和眼前這位差不多，但哪吒自問自己的做法粗糙多了。

完全關上了門窗的殿閣本應昏暗，但因施法者的手段，現在卻充滿柔和的光線。要不是這間殿閣是哪吒日常辦公的地方，他會以為這裡原本就用發光的材料建造的，精巧的法術讓人根本看不出來這是何種類型的法術，建構手法無從稽考，整個房間內閃著柔和不刺眼的光線，能把法術控制在這麼精妙的程度，他實在是嘆為觀止。

如果不是在這個時間點，哪吒厚著臉皮也一定會上前討教，但是現在若走得太前，應該就是討死了。

這個人明明該有極強的存在感，但他總是能做到神出鬼沒而又顯得理所當然。雖然他身分很高，但是在沒有房間主人的同意下擅闖也是於禮不合，可當事人卻會生出無法責備或抱怨的心情，好像理虧的反而是自己。

就好像他出現在這裡是理所當然的，自己闖進來是打擾他了。

這是哪吒對東王公一向的印象，對於這位替玉皇統領仙界所有男性仙人的主事者，平時在心裡也敢對玉皇腹誹不已的叛逆青年現在乖乖的垂下頭，不敢多言的等待著東王公開口。

在客座的方向，一抹帶著耀眼九色雲彩的衣袖緩緩的抬起，這個動作牽動了披在袖子上的雪色髮絲，從袖子上滑下的長髮閃過如珍珠色澤的流光，吸引了哪吒的視線。

「久未見面，你看起來穩重多了。」東王公帶著淡淡笑意的開口。他這句久未見面說得不假，天將們都很忙，東王公又很少到天宮來，一年大概就只有大時節才有機會在宴席上見到一面。

「東君說笑了……」

哪吒覺得自己額邊正流下冷汗，東王公的語氣和平時別無兩樣，神色也跟平日一般給人溫煦的感覺，嘴角那抹淡笑和印象中亦沒不同，但那一句穩重的客套話被心虛的哪吒聽在耳裡無疑是一記重擊，打得他差點忘了要呼吸。

從頭到尾，哪吒在東王公示意他抬頭後，他仍是不敢動。

這也是為了給自己爭取一些思考的時間。

無事不登三寶殿，哪吒很有自知之明，自己一個天將哪會讓東王公私下來找他，即使是那討厭的李老頭也只有巴巴的去拜見的分，所以東王公不可能悄悄在這裡等他就是為了找他喝茶聊天。

而且這裡是天宮，連玉皇召見，東王公也不一定立即起行過來天宮，這樣的人物突然出現在這裡恐怕只有一個原因。

哪吒心裡有什麼髒話都罵出來了。他暗地裡幫雷震子的事被東王公知道了，現在人來了就是要興師問罪的。這都是雷震子那個白痴惹出來的禍！弄丟避水珠向水晶宮賠點仙石道個歉也就罷了，偏偏那個窮鬼捨不得賠，還私下拜託芙蓉那丫頭幫忙去找！

這下好了，現在四周正亂著，他只是幫忙多關心一下跑出京城的芙蓉身邊有沒有事情發生，小丫頭在凡間過得倒好，既收了個跟班又打算遊山玩水，但他現在要面對的是什麼情況啊？

仙界東方蓬萊的主人，他們男仙的統御者東王公竟然親自上門來興師問罪了！

「不用太拘謹，要是想公式化的見面，召你到東華臺就可以了。放輕鬆點，先抬起頭來。」

怎麼可能輕鬆得了！

哪吒在心裡淌著血淚，什麼情緒都可以醞釀得出來，但就是沒辦法放輕鬆啊！

東王公開了口要他抬頭，哪吒逼於無奈抬起頭，但視線還是不敢看向東王公，死死的盯著地面看。剛才二郎真君在哪吒身上看到的假嚴謹、假認真已經消失不見，哪吒現在想裝作若無其事卻又心虛，表情極不自然。

「東君……」連這兩字哪吒也極艱難才說得出口。

「近來過得好嗎？」眼看帶著叛逆氣質的青年在自己面前惴惴不安的樣子，東王公偏偏不提正事，先岔開話題聊起近況來。

「謝東君關心，末將剛好在天宮輪值，比其他天將手邊空閒多了。」哪吒此時有一瞬間感謝那討厭的李老頭子對他如同虐待般的嚴厲管教，在這情況下他竟然還能用這麼客氣又得體的措詞回答東王公，簡直是奇蹟。

「原來是這樣。那麼哪吒你有沒有其他事要跟我說呢？」

東王公微笑著，但是哪吒清楚的看到東王公那雙看不穿的紫藍色眼睛根本沒有笑意，他嘴角的那抹微笑簡直像是特地告訴哪吒他很不高興。沒理由會這樣的，蓬萊的主人不可能犯下喜形於色的錯誤。

這絕對是東王公無聲的警告，讓哪吒別想把事情隱瞞下去。現在坦誠說出，東王公還笑得出來，不然的話……

「東君……」

哪吒左右為難，東王公有多在意芙蓉，仙界大部分的人都已經清楚看在眼裡，那丫頭在京城遇難竟然勞動了東王公移駕下凡一趟，雖然這行動中也包含了玉皇的旨意，但東王公是什麼人？他要是不願意，玉皇即使撒嬌撒賴命令威脅也好都是沒用的。

看看敗走回來的九天玄女，她不但在東王公面前吃了一記敗仗，更連帶惹怒三位天尊和玉皇，崑崙第一紅人的她這一次連西王母也沒幫著說情，玉皇更下了敕令禁足九天玄女，不准她下凡。

哪吒不得不佩服芙蓉丫頭的能耐，她雖無意引發這樣的結果，但偏偏以她為中心，老是會發生這種牽動幾大巨頭的事來。這次雷震子不經大腦的鹵莽行動，無疑同樣刺激到這些巨頭們，但雷震子可沒有九天玄女那樣有崑崙做後臺……要記得，雷震子的頂頭上司就是玉皇，讓玉皇不高興，他可是會第一個把雷震子狠狠教訓一頓的。

「先來找你，就是不想事情一下子鬧到玉皇那裡，如果玉皇一旦知道你們在背後做的安排，會有多生氣呢？」

哪吒咬了咬牙，這一刻他是多麼希望先知悉事件的是玉皇而不是東王公，被玉皇知道了雖然會被重罰，再被李老頭子扒皮關進小黑屋，但起碼這一切都是明著來，他皮繃緊一點、牙咬實一些就過去了。

可現在卻把東王公先惹出來，感覺就是在玉皇的處罰之前先來個地獄修羅版的開胃小菜，偏偏提供人正是沒人猜透他在想什麼的東王公，哪吒根本沒辦法摸出一個方向來思考對策。

哪吒陷入了跟自己的交戰狀況中。

如果他把一切說出來，雖然也得負上知情不報、沒及時阻止的責任，但相比雷震子這個主謀，他作為幫凶，責任倒輕很多。但把一切說出來又好像是出賣了雷震子，那傢伙雖然惹人厭又麻煩，行事更不用腦子，可好歹也是他的老朋友，總不能看著他遭殃的。

說還是不說？哪吒現在兩邊不是人，選哪一個都有死路一條的感覺。

「應該不用考慮太久吧？事實上你並沒有選擇的餘地。」

在哪吒內心掙扎的同時，東王公從原本坐著的位子站起，轉身走到房間更裡面的地方，哪吒驚訝的抬起頭，然後發現東王公的身影慢慢消失，接著他身後傳來了輕輕的敲門聲。

即使知道這是因為東王公下了隱身法術，哪吒還是不禁感到不可置信。要不是他親眼看著東王公消失，單憑房間布的氣息，他會以為東王公從來都沒有在房間裡。

房間的門被打開，剛才被哪吒吩咐去泡茶的仙童行了個禮後走進來。

「哪吒大人，茶已經泡好了。」仙童端著茶盤回來有禮的說，但接下來他就不敢再哼一聲了，因為仙童發現哪吒大人睜大著眼睛驚恐的看著房間一角，仙童覺得自己腳底升起一道冷意。

……天宮應該不會鬧鬼吧？

※　※　※

坐擁凡間天下一切的皇帝每天都很忙，從天未亮即開始的朝議到個別大臣的謹見，當好不容易可以一個人靜下來的時候，一個盡責的皇帝又得細想接下來的不同政策。不論是外交、內政、軍事、建設，每一項都需要皇帝做最後的決定。

從天未亮忙到太陽下山，晚上又得跑去後宮看看這位妃子，和那個宮嬪吃頓飯說說話。皇帝不一定有多喜愛這些養在後宮的女人，但這些從權臣家選進宮裡的嬪妃也不能冷落，既要關注又不能太寵，待在她們之中不得不小心拿捏一個平衡，不然她們落力的在後宮耍計謀添亂就麻煩了。

前朝勞心勞力，後宮又要維持平衡，做一個明君很辛苦，真的不是好差事。所以做昏君很舒服，什麼都不理，先把責任心藏起就行了。

就像芙蓉一開始跟李崇禮說皇帝不是人做的，她早已經看穿上位者的痛苦，天下之主看似很威風，但事實上要做好是很要命的。芙蓉待在天宮時，每天看見玉皇上朝後總是扶著額頭，一會兒叫仙童拿熱毛巾來暖敷，一會兒又呼喊說要找止頭痛的仙丹。

仙界已經少了後宮這一大煩惱，但玉皇還是每天都忙得焦頭爛額。這位仙界的掌權者有時候心裡也會羨慕一下東、西兩方的主事人，看看東王公和西王母只負責管好男女仙人是多麼的寫意，工作量比他少了不知多少倍。

玉皇曾有一次在累極的狀態下和東王公抱怨了幾句，結果東王公只是淡然處之的回應一句「能者多勞」。

自此，玉皇變得很討厭能者多勞這句話，明明東王公的能力不比他低，紫府和東華臺根本沒事情要他操心，所以玉皇一直想把他拐去天宮幫忙，可惜從未如願。

最近，玉皇的頭痛症又開始犯了。

長久以來所謂正邪不兩立，有正即有邪。代表正義一方的仙界自然也有一貫的對立者，或妖或魔，雙方敵對的主因無非是因為價值觀的不同。

一般來說，仙界對於沒犯天條的仙人大都寬容處理，即使他們不願飛昇也沒問題，像塗山這種千年狐仙只要不作惡，仙界也不會主動鉗制其行動，但可惜的是，他們不是個個都像塗山那樣潔身自愛。為了不同的利益和目的，凡間潛藏了不少作惡多端的妖道，仙界的天將出任務大都是去討伐這些存在。

像是一個無形的週期，每間隔一段時間仙界和妖道之間的關係總會變得緊張起來，潛藏在暗處的妖道聚集了足夠的人手和資源後一定會向仙界挑釁，仙界每次要處理他們引發的事件都會陷入繁忙之中。

玉皇更是統籌對妖道所有對策的最高決策人，方法要他裁決，人手要他想辦法調配。除此之外，他還得花時間和心思安撫天宮那些高聲嚷著要把妖道誅滅殆盡的激進分子。

今天的朝議上，無可避免的又有人鬧到玉皇面前說要嚴肅處理，提出的人今天學乖了，沒有一開始就用過激詞句。嚴肅處理四個字背後可以包含很廣泛的含意，到底什麼鎮壓手段才叫嚴肅？光是爭論這一點也令人頭痛，相信提出的人早就想過好好利用嚴肅二字的方法了。

玉皇不得不佩服九天玄女這次真的下了功夫。除了她是激進派，九天玄女主張要誅滅妖道更多是因為她目前被下令禁足，如果仙界決定和妖道大規模動手，勢必要藉助她的能力，那麼她的禁足令就會解除，她也會得到重新下凡的機會。

九天玄女的如意算盤打得很響亮，她打得越響亮，玉皇額角的青筋就越多。

門都沒有！

玉皇真想當著眾仙面前吼出這一句。事隔大半年到現在，他心裡仍生九天玄女的氣。雖然胸襟廣闊是上位者的應有條件，玉皇亦應該以身作則成為眾仙人的榜樣，但玉皇不喜歡當軟柿子，他好相處不代表他好欺侮，想要壓過他拿好處，絕對沒門！

九天玄女之前瞞著仙界而擅自行動，等同在他臉上刮出一道道深坑般的裂紋。當玉皇要心胸廣闊又如何？男人是要面子的！他作為玉皇的自尊被傷害了！

現在的形勢他也不認為把九天玄女放下凡會對事情有任何助益。她的行事作風恐怕第一時間就會直接搗了妖道的根據地，把妖道逼得不得不跟仙界宣戰。

狗急跳牆，凡事不能迫得太盡。九天玄女就是不懂這個道理，學不會行事張馳有度，玉皇認為這樣個性的人，他是不能委以重任的。九天玄女待芙蓉就是個好例子，好好的說不行嗎？硬要把那丫頭逼得張牙舞爪的。

為了大局，九天玄女這個好戰分子絕對不能在這時候放下凡。

已經幾天晚上沒睡好的玉皇，一雙眼像死魚般看著正連珠炮般發表偉論的九天玄女，藏在淡金衣袖下的手煩躁的隔著布料敲著椅柄，如果不是在眾仙面前，玉皇大概早就單手支著頭別開臉，擺出一副不想聽的表情了。

「玉皇！」九天玄女以一聲要脅般的語氣喊道，暗示他下決斷。

「妳說的朕已經聽膩了，沒有別樣新鮮一點的理由嗎？」

「玉皇陛下，您這是在愚弄屬下嗎？」

朕倒覺得妳是在愚弄朕才對！

玉皇不著痕跡的撇了撇嘴，他真的想大聲的告訴九天玄女，朕就是愚弄妳！就是要針對妳！不行嗎？可惜這番話不能說出口，看在西王母的分上，玉皇怎樣也得給她一點面子。

「朕已有決斷。」

「玉皇陛下！妖道在凡間從沒間斷的襲擊地仙們，現在不也已經把魔手伸到龍王頭上了嗎？」

九天玄女自然不依，執著大義再次抬出百般理由來。

「等等！那件事還沒查明，玄女哪能一口咬定？」

因為手下有司掌湖泊的龍王出了問題，水晶宮派出敖大太子前來天宮，務求能在第一時間向玉皇匯報最新的情報，也方便若查明背後有妖道的動向後能夠在第一時間配合。

這位敖大太子和排行第六的敖瀟個性不同，同樣高傲但剛正不阿的他，最看不慣的就是不依規矩辦事的人，九天玄女的態度早已令他十分不滿，現在她一開口就把還沒查明的事下了定論，這是水晶宮的事根本不容崑崙過問，加上九天玄女是以戴罪禁足之身前來天宮，這幾件事情加起來讓敖大太子的眉頭皺成一個深深的川字，心裡的悶氣全跑出來了。

「事情不就擺在眼前嗎?水晶宮也別想要粉飾太平了。」九天玄女話中帶著滿滿的諷刺意味。

大殿中各路仙人立即不約而同悄悄的移動,給開始準備針鋒相對的二人留下足夠的空間,避免發生衝突時會殃及池魚。

「九天玄女,別以為有崑崙在妳背後撐腰就如此目中無人!別忘記妳仍是禁足之身,理應待在崑崙反思己過,妳沒反省還敢跑來天宮大放厥辭!」

「我可不像你們那樣喜歡當縮頭烏龜。」

「口出狂言!」

玉皇無言的看著眼前劍拔弩張的情況,水晶宮底下有龍王傳出失聯之後,每天九天玄女和敖大太子基本上都會上演相同一幕,兩個人弄壞大殿的物品清單已經快要追得上把九龍池炸掉一部分的芙蓉了。

「統統給朕住手!成何體統!你們到底把天宮大殿當成什麼地方!」

忍無可忍的玉皇抬手重重的拍了椅柄一記,一聲巨響立即在大殿傳開,所有人都噤聲小心的看向玉座上黑著一張臉的玉皇。

敖大太子和九天玄女天天在鬧,之前玉皇最多就是沒好氣的揮手叫停讓他們退下去來個眼不見為淨，今天竟然發了這麼大的脾氣，看來玉皇是忍不下去了。

玉皇雖然平日好說話，但並不包括他生氣時。要知道，平日越是溫和的人，一旦生氣不可能是小事。

「九天玄女，朕記得三天前就已經讓妳回去崑崙，朕的話對妳來說已經變成耳邊風了嗎？」

玉皇沉聲冷眼看著殿下的九天玄女，他語氣中帶著的怒意讓一眾仙人剎白了臉。玉皇雖不是故意的，但來自他身上的皇威卻令眾人不禁流下冷汗。

習慣會令人麻木。

玉皇平日甚少生氣發怒，有事要跟眾仙商量也不會時時刻刻把架子端出來，久而久之他們都忘記了玉座上的是一隻不把獠牙露出來的猛虎，而不是一隻柔順的小貓咪。而且他們忘記了這頭猛虎是跺一跺腳仙界也要搖兩搖的玉皇大帝，他跟你客氣是給你面子，不代表他必須客氣。

大殿在玉皇的皇威下只剩下死寂般的沉默，敖大太子率先無聲的行禮致歉退到一旁，殿中就只剩下臉帶不忿的九天玄女佇立正中，獨自承受著玉皇的怒氣。

無關本人的意願或是想法，在皇威之下九天玄女無法抵抗太久就跪了下去，但即使膝蓋是屈下去了，九天玄女還是一臉不服的表情，看得玉皇更加火冒三丈。

「朕念妳有功，前次妳知情不報、干擾星軌、自作主張的事，也從輕發落罰妳禁足而已，但朕卻不容妳變本加厲。敕令九天玄女立即返回崑崙思過，沒有天宮旨意不得離開半步，否則朕就問西王母治下不嚴之罪。」

一陣陣倒抽口氣的聲音在大殿上響起，玉皇開口說要把責任追究到西王母身上令眾人愕然，玉皇一向很重視和東、西方主事人的友好關係，甚少會把話說得這麼強硬。難道九天玄女不聽話，玉皇真的要西王母負荊請罪嗎？事情若真的發展到那地步，即使事後玉皇再從輕發落也已經損了西王母的面子，雙方的關係也會像掉進冰水中吧？

天官中也不乏諫官，但這一刻他們卻沒辦法撲出來喊一句玉皇三思，因為崑崙這陣子給天宮眾仙的印象實在不太好，即使是正直的諫官也暫時沒有意願站出來為崑崙說一句好話。

天宮的結構始終以男性仙人為主，九天玄女以女仙之姿在天宮肆意妄為早已惹來很多不滿。

仙界中，女仙的地位比凡間女子高得多，但她們大部分並不喜歡出仕天宮，所以身負公職的女仙數量很少，像九天玄女這樣熱衷天宮事務的絕對稀有。她要是懂謙虛還好，偏偏九天玄女渾身是刺，長久下來累積的怨氣可不少。

或許是因為作為天宮中的少數，九天玄女認為自己是少數派而更執著的想表現，覺得自己不得不在天宮做些什麼吧？

遺憾的是，她的種種行徑早已經把玉皇把對出仕女仙的優待心態磨滅殆盡，長久下來容忍到了臨界點，過火的一方也不知道收斂，幾次碰撞事情就變得一觸即發，演變到現在一發不可收拾的地步了。

東王公踩著無聲的腳步，一路擺手制止了在大殿外當班想要通報的天官。他的意願自然是被尊重的，所以無人知道東王公已經來到大殿外面，而殿內劍拔弩張的氣氛，讓在殿外當值的天官們一致向東王公投去求救的目光。東王公了解的一笑，繼續無聲前行，一路暢通無阻沒有驚動到大殿中的任何一人。

當他的影子悄悄映在大殿外層的紗帳時，殿內剛好是玉皇說了重話的一刻，雖然沒有從頭聽到尾，但事情的發展並不難推敲，光是看到跪在大殿中央的九天玄女和頭頂看似要冒煙的玉皇，他已能知道事情的大概發展了。

無聲出現在不起眼的角落觀看眾人的反應，是東王公一向的小小嗜好。大殿中沒有人發現到他的到來，連玉座上的玉皇也同樣沒發現大殿上多了一抹屬於他的氣息。

東王公在大殿入口處看著九天玄女的背影，上次在凡間的皇宮中，站在他和東嶽帝君面前的九天玄女那不服氣的表情浮上他的腦海。

那次東王公知道帝君非常生氣，但東嶽帝君再生氣也沒有做到讓九天玄女當眾出糗這一步，能這樣做又不怕被報復的也就只有玉皇了。不過，要是東嶽帝君現在在場，恐怕情況又會變得不一樣，帝君必定會第一個出面阻止玉皇生氣，直接向玉皇請旨由他出手教訓九天玄女吧？

那樣的話，恐怕又是另一種令人覺得恐怖的畫面。

大殿中的所有仙人都屏息以待玉皇下一步的行動，九天玄女不辯駁，那就只等人把九天玄女架下去了。

要是真的把人架開，事情就難辦了。

東王公在角落裡苦笑了一下，雖然沒有幫助九天玄女的打算，但他想了想，還是主動曝露自己的存在，拖著九色雲袍長長的衣襬從大殿的入口處走了進來，開口道：「西王母那邊，如果玉皇御意允許的話，由我作說客如何？崑崙的西王母十分明白事理，為玉皇還有天宮帶來困擾實非西王母所願。」

平靜的聲線響起，這無波般的聲音像是一顆投入平靜湖面的石子般，那擴散出去的漣漪把原本靜止的狀態再次化成一片熱鬧。

驚呼和鬆一口氣的聲音此起彼落，東王公的出現無疑化解了現在的僵局。

「東王公！」在場對東王公的出現感到最意外的不是玉皇而是九天玄女，她驚訝的看著那個不應該跑來天宮的東方之主，她不是不想趁這時候站起來，她不想自己在東王公面前示弱，但她的腿被玉皇的皇威嚇得軟了，想站也站不起來。

九天玄女夾雜著不甘的低喊只換來東王公淡淡一眼，視線接觸到東王公那透不出想法的紫藍色眼睛，九天玄女不由得想起在凡間的皇宮中，自己曾經見過東王公那雙失卻一切笑意的眼睛。那雙眼睛讓她不由自主的害怕，隔了這麼久回想起來，九天玄女仍心有餘悸。

「東王公出面說情嗎？」看到東王公現身打圓場，玉皇悄悄的鬆了口氣，他剛才正煩惱著該用什麼方法解決這件事，殿上的仙人們個個都不敢看他，害他想找個人打眼色演場大戲也不成，還好這時候東王公來了。

玉皇臉上的表情控制得很好，沒有喜形於色，即使他心裡早已經為東王公的到來而樂翻了天。

至於為什麼平日請也請不來的東王公會自動出現，玉皇決定等會兒剩下他們兩人時才慢慢查問。

「玉皇就賣我一個面子，讓我跟西王母好好轉達天宮的旨意，相信有著如此仙階的九天玄女這次也懂得輕重的。」

玉皇裝出一副需要細心考慮的樣子。

兩大巨頭的對話沒有人能隨便的插嘴，所有人都靜靜的等待玉皇金口說出同意的話。

「朕就給你東華臺一個面子。」

玉皇的一句話，宣布事情到此為此，雖然東王公出面調停，但玉皇並沒有收回萬一九天玄女違令要問罪西王母的話。在一些仙人的心中，這樣的發展告訴他們：玉皇目前正對崑崙十分不滿意。

不知道崑崙接下來會怎樣應對？

遣送九天玄女回崑崙的天將帶著東王公的親筆信，這樣一來，九天玄女就不可以把隨行的天將扔下跑掉，因為她這樣做就同時拂了玉皇和東王公的面子，西王母更不可能出面保她了。

九天玄女被帶走，擱著無法進行的事情再也沒有阻礙的快速完成商議。待一眾仙人退下後，玉皇趁著東王公未有表露離開的意思，把人挾了往後面的宮殿走去。

「我並不急著回去，玉皇實在不用特地倉促的結束朝儀。」

「一點也不倉促，難得東王公你自投羅網……」笑不攏嘴的玉皇幾乎口不擇言了。

「玉皇，剛才好像有一個不太恰當的用詞。」

「怎可能！一定是你聽錯了。」

東王公不說話，只是找了個舒適的位置坐下，等著仙童把茶送來。

作為東道主的玉皇立即吩咐了人把東王公最愛喝的茶泡來，這陣子忙不過來的玉皇也難得有點好心情了。他才剛坐下，東王公伸手連同袖子輕輕在茶桌上一掃，一套他常用的棋盤憑空出現，而剛好放在玉皇面前的是後手的白色棋子。

「我想玉皇一定會有興趣下這盤棋的。」東王公紫藍色的眼睛看著棋盤上縱橫交錯的線，九色雲彩般的衣袖一揚，一枚黑子已經放在棋盤上了。

「我下棋的水平是怎樣，東王公你很清楚不是嗎？」看著棋盤抽了抽嘴角，曾被批評棋力不足得多練習的玉皇一臉胃痛的樣子，看著自己面前的白子，遲遲沒有伸手去拿。

「我只知道實際上沒有事情瞞得過玉皇，玉皇什麼都掌握在手裡。」東王公勾起一道別有含意的笑。

只有他們兩人在的後殿中，玉皇這刻的表情也變得精幹，嘴邊的笑容滿含深意。

第十二章 什麼！你要逛花街了！

深邃神秘的夜空掛上一輪明月，原本應該是清明的夜色卻慢慢的被烏雲掩蓋，風吹過雲層時才稍微透出雲上的月光，這不是初春時分該有的天空。

敖瀟站在珍寶閣寶庫的門口，一頭鬈曲長髮隨意披散，仍得穿冬衣的冷天中他只是一身單衣，肩上披著一件在這時節中毫無保暖功用的滾毛披風，就這樣掛在肩膀上也沒有綁好，風一吹，披風跟著要被吹掉似的。

撤下偽裝的冰藍眼睛看著天空，敖瀟的表情十分凝重。

來自仙界水域司掌降雨和水源的敖氏一族有他們自己一套看天候的方式，在他眼中，曲漩一帶的情況開始變得不妙了。冬末初春，空氣中應該帶著足夠的水分，但是敖瀟在曲漩中只感覺到一片乾燥，幸好仍是剛剛開始還來得及補救。但對於現狀，敖瀟仍是不滿意，眉頭不自覺的皺了起來，豎瞳中更是顯得多了幾分危險。

白天敖瀟是一身貴氣的打扮，渾身散發的是一種來自他原形的霸氣及高高在上的威壓，晚上卸下一身華服後，卻更加添了好幾分生人勿近的野性氣息。

從天空收回視線，敖瀟撥開垂到胸前的頭髮，劍眉一挑，兩道像是殺人光線般的凌厲視線猛然射向一個轉角。雖未見到人，但敖瀟早已察覺到有人鬼鬼祟祟的蹲在牆角後。

珍寶閣目前就只有一個普通人在，連腦筋也不必動敖瀟就知道是誰了。

「聽說你喚芙蓉那丫頭一聲姑姑，這事本殿下沒意見，不過凡人你可別學你姑姑半夜潛進別人房間的惡習，一個不小心，不是被人抓住而是屍骨無存。」

夾雜著一絲威壓，敖瀟的警告很快收到預期中的效果，先是一聲驚呼，然後牆角那裡慌張的衝出一個人。

「對不起！我真的沒有要潛進去的意思！呀……嗚呀！」匿藏點被一眼看穿，歲泫十分慌張的從牆角走出來，他原本是沒有打算五體投地跪下去的，但天色很黑，他又不熟悉珍寶閣的格局，才轉身走了三步就踢到花圃邊上的矮欄，華麗麗的在敖瀟面前趺趴了。

「用不著如此大禮。」敖瀟嘴邊泛起一個帶著嘲諷意味的笑，現在芙蓉和潼兒不在，他也不用看在他們兩人的面子給這個凡人多好的臉色。

欣賞他有點骨氣是一回事，敖瀟從來就不擅長也不覺得和一般凡人打交道會有什麼益處。必須要壓抑著自身氣息，才能讓凡人勉強正常的與自己對話，這讓敖瀟覺得麻煩，也很累。而這個叫歲泫的青年，早上那時不就立即翻白眼昏給他看了嗎？

凡人就是這麼脆弱，壽命也不長，和他們仙人相比，凡人短暫的生命就像過眼雲煙，所以敖瀟從來都不覺得自己需要正眼看待他們，也就造成他面對凡人時表現得更加高傲。

「不……不好意思。」歲泫搗著臉困難的說，剛才的一摔他剛好撞上了鼻子，兩管鼻血從指縫間流下，幸好沒有撞斷牙齒，不然連話也說不清楚了。

「有手有腳的走幾步也會跌倒？你來是有什麼事？」敖瀟仍站在原地，本來是不想搭理歲泫，只想說幾句話打發他回去，但見他摔成這樣還有辦法擠出一張慘笑的臉跟自己說不好意思，禮尚往來，敖瀟心想自己也騰出丁點時間應酬一下吧！

歲泫狼狽的爬起身，頂著全是鼻血的半張臉實在不好看，但這個時候他又找不到帕子。眼看歲泫不斷的用那身窮酸家當中最好的棉衣來擦鼻血，敖瀟扶了扶額皺著眉，無奈的施了個法術把歲泫鼻子的傷處理好，連帶他臉上那些礙眼的紫紫青青也一併去掉了。

「呀！不痛了？咦？這……這樣明天會穿幫的！」歲泫在自己臉上左摸右摸，原本那微腫的眼角和臉頰瞬間變得輕鬆起來，加上眼睛本來因為微腫阻礙了視線，現在竟然什麼事都沒有了。

「看著就礙眼，難不成明天手無縛雞之力的你還打算跑去那種地方討打嗎？這是犯賤？」敖瀟擺出一臉的不耐煩，他才不想這麼麻煩的細分傷勢只挑鼻子來治療。還有，他現在是好心出手不讓這個凡人繼續流鼻血，怎麼好心遭雷劈，竟被怪責多事了？

歲泫本來想要解釋，但敖瀟的臉色十分難看，為了自己的人身安全著想，歲泫的自然反應是儘快逃跑。下午被敖瀟故意放出來的威嚇弄昏的記憶還深深的扎根在他心裡，但他知道若自己真的轉身跑掉，等於直接叫敖瀟出手教訓他。

一個人在緊張的時候會不自覺的把自己縮成一團，歲泫也一樣，肩膀下意識的縮著，抱著手臂，微微側過身子不敢正面面向敖瀟。如果敖瀟有什麼舉動，相信歲泫一定可以瞬即把現在的戒備動作變化成抱頭蹲身閉眼睛，然後捱打。

本以為那雙比白天顯得更藍的眼睛下一秒就會用滿是殺意的眼神瞪著自己，歲泫已經把皮繃緊了，結果敖瀟只是帶點不耐煩似的瞟了他一眼。

「有事快說，本殿下沒空聽你支支吾吾。」

訕訕的搔了搔原來有著大片青紫的臉頰，歲泫吃吃笑的呆樣令敖瀟的耐性明顯下降，像要殺人的視線又一次投到他身上。

「那個……呃……我……我想問一下，要是曲漩沒了龍王的話……會變成怎樣呢？」歲泫早就知道敖瀟不是個好相處的對象，說話愛用命令式語氣，而且話中還夾雜了些許不屑的意味，讓人聽見就會生氣，但歲泫卻對此很沒轍，因為不論他反抗還是生氣也好，都不會讓敖瀟挑起半根眉毛。

既然這樣，何須介意敖瀟用什麼態度待他？

「為什麼不問你那位姑姑？」敖瀟挑了挑眉。這個問題他也在煩心，偏偏這個一臉傻愣愣的歲汯在這個時間跑來問他，讓敖瀟有一下子想把悶氣發洩在歲汯身上的衝動。

到底要用多少力度揍一個凡人，才能打得他哀叫又不違反天條？敖瀟覺得自己有必要研究一下這個問題，再說為什麼他不去問和他處得不錯的芙蓉或是潼兒，卻跑過來問自己？這地區沒了司雨的龍王會有什麼後果，芙蓉會不知道嗎？

「這個……」歲汯一臉的為難，猶豫著是不是該把事實說出來。

「嗯？」

「姑姑說會出很大的問題，不過也說了龍王失職茲事體大，說反正六公子在這裡，龍王沒找回來之前六公子先當臨時工的話，曲漩就會沒事了！」

這個回答讓敖瀟的表情瞬間凝結，然後歲汯看著敖瀟扶著下巴低下頭踱步，似乎是思考著什麼重大問題般的凝重，歲汯站在旁邊不敢動也不敢出聲，只是閉上嘴看著敖瀟唸唸有詞說著臨時工三字，嘴角還掛著一抹可疑的笑容。

然後，敖瀟突然快步往珍寶閣的主建築走去。

敖瀟一身單衣走進珍寶閣立即就驚動了已經準備就寢的掌櫃，狀況不明的他疑惑的向緊跟在後面的歲泫投去一個詢問的眼神，正當歲泫快速的把剛才的對話說了大半時，敖瀟已經像枝飛箭來到分配給芙蓉的房間前，象徵式的叩了兩下就把門打開了。

「等等！」同一時間，在隔壁房間聽到騷動聲音的潼兒剛好推門出來，正好看見敖瀟推門進芙蓉房間的一剎那。

潼兒想要阻止敖瀟的驚恐呼叫的確達到他想要的效果，敖瀟的確是轉過頭看向了潼兒的方向，但潼兒始終慢了一步，從打開了一條縫的房門中有一隻瘦長的東西像是閃電般飛出，角度直擊敖瀟的面門！

「抓住它！」隨著那東西從門縫飛撲而出，房間內傳來像是弄跌鍋碗瓢盆、拆屋般的聲音，最後才是屬於芙蓉的慘叫。

「欸！」不知所以的歲泫愣愣的站在原地。

掌櫃有點沒良心的悄悄移到歲泫身後，把比他應變能力更低的歲泫當成擋箭牌了。

「又來了……」潼兒抱頭哀鳴了一下，他就知道當芙蓉早早的把自己關在房間裡，一定會出問題的！看！現在有東西逃跑了！

敖瀟看著那可疑的東西朝自己的面門撲來，豎瞳中的瞳孔變得又尖又長，他眉心一皺，隨即一股無形的威壓以自身為中心向外擴散。歲泫第一個青了臉色，同樣那隻從門縫中撲出的東西也身形一滯，像是凝固了在半空中一樣。

敖瀟肩上隨便掛著的滾毛披風滑到地上，在發出威壓的那一刻，他已經伸手抓住了朝他臉面撲來的東西——一把有著珍珠光澤的人參鬚拂過敖瀟的手，被抓在手中的人參微微的抖震著，雖然沒有五官，無法用表情表達出它的驚恐，不過從它抖得鬚都像是要掉落似的，便足以讓人對它生出了一絲惻隱之心。

可惜，對於被捕獲於手裡的獵物，敖瀟沒有從輕發落的打算。

如果人參能說話，它一定會哭叫著寧願被芙蓉把它的鬚都拔掉，也不要被一個不懂收斂力道的人抓住。

敖瀟的手勁只要再稍重一點，就能在原地鮮榨人參汁了。

「手下留情呀！這隻是我手邊最活潑的了，千萬不要掐死了！」

從房間爬出來一身狼狽的芙蓉看到敖瀟手上瀕死的人參，表現得非常焦急，但是她越急，敖瀟的手勁就越大，在場的人甚至覺得自己幻聽到了人參的悲鳴。

「芙蓉妳在房間幹什麼呀？連人參都拿出來了？」

「我只是整理一下自己袋子中的東西，我絕對沒有意圖或企圖在這裡煉丹熬藥呀！人參是無辜的，敖瀟你手下留情放它一條生路吧！」

「放它？好東西為什麼要放手？」

「欸？」芙蓉不解的看著敖瀟。

「沒收了。」

「不！」

帶著一絲奸商意味的宣布和慘叫在同一時間響起，但人參掐在敖瀟手中，芙蓉也不敢去搶回來，硬搶的話人參也就玩完了。

「太過分了……我已經一窮二白，位階比你低了不止好幾級，竟然連你也要從我手上搶走我所餘無幾的財產。」芙蓉一副快要哭的樣子。

這倒不是她故意裝出來的，而是她實在是太有感觸了，自己下凡後的財政狀況每況愈下，手邊剩下不多的靈參已經算是壓箱寶，賣一隻少一隻，現在敖瀟平白的搶了一隻，她不想哭就怪了！

所謂男人最怕女生的眼淚，這一招用對敖瀟也適用。

芙蓉蓄在眼眶的眼淚殺傷力驚人，在場的四名男性中就只有潼兒表現得比較鎮靜，而平時總是一張胸有成竹、滿富自信，擺出唯我獨尊態勢的敖瀟竟然在臉上出現一絲不知所措的表情，且視線還有意無意的向掌櫃那邊瞟過去，似是詢問著下屬的建議。

要他把手上的人參還回去，敖瀟覺得面子有點掛不住，但不還又如芙蓉說的他這個水晶宮六皇子沒人性到搶她財物……想不到好辦法，敖瀟看了一眼手上變得沒生氣的人參，不禁埋怨起這隻東西來。要是因為這東西導致芙蓉快哭的事傳到仙界的話，他就得不償失了。

「掌櫃，去拿跟這東西等值的仙石給她，當是倒楣了。」

「什麼倒楣！我這人參真的是好東西來的！」

「為兄知道了。」敖瀟有些不耐的應了句，然後伸手把芙蓉的房門推開。放眼看去，滿桌滿地上都是零零碎碎的東西，有個角落甚至放了一堆每本都有一指節厚的凡間各式指南及百科全書。

「你來找我到底是什麼事？拍門拍得這麼急？」見寶貝人參總算是換到了一堆仙石的芙蓉，終於冷靜下來抹掉眼淚，但眼眶還是紅紅的。

「妳倒提醒起為兄了。聽說芙蓉說過找回龍王前，由為兄充當臨時工？」

「是呀！有什麼問題嗎？」

「沒有，為兄覺得妳這次說得太對了，為避免事情發展到這個地步，為兄是特地過來找妳商量我們的下一步。」

「什麼下一步？」

「明天我們去花街找！」

「什麼！花街？還要我們一起？」芙蓉驚訝的叫了起來，到底是怎麼回事？敖瀟突然吃錯東西了嗎？

「對！花街，就我們。」

※　※　※

所謂花街柳巷，自然不是擺花賣柳的園藝店家，這種好人家女子絕對不能踏足的地方芙蓉早有耳聞。那種地方大白天去查探是沒有用的，那是一個城市中不夜的天地，在京城時芙蓉從塗山口中聽過一些，不過京城始終是天子腳下，因此對花街規管得特別嚴格，沒有一般城鎮來得放縱。

有人說，一個城市是否繁榮，從花街的規模便可得知一二。

芙蓉對於自己在這方面的「常識」實在沒有半點自信，她認為自己知道花街不是真的賣花已經十分足夠了。若知得太多，她覺得有什麼重要的東西會消失似的。

昨天晚上敖瀟爆炸性的宣言讓芙蓉整晚沒睡好，她除了要把翻出來的雜物整理好之外，她還擔心一向行為良好的自己跑去花街的事被別人知道後，到底會有什麼後果。不用認真去想，芙蓉也能預想有好幾個惹不起的人物會排著隊等待教訓她，不知道她到時候被罰時說一切都是敖瀟的安排，能不能申請減刑？

遠在仙界的先不理，如果在京城的塗山和李崇禮知道她逛花街的話，塗山那傢伙一定會指著她狂笑到肚子痛；說不定從李崇禮那裡聽到消息的歐陽子穆會鄙視她，接著逼問她有沒有把潼兒也帶去了；而李崇禮會無奈的看著她苦笑吧？就好像東王公那樣的笑容。

呀！芙蓉在內心慘叫了一下，唯獨不想被他們知道呀！

預期看到他們一臉無奈、沒辦法的樣子，倒不如讓他們那張泰山崩於前而色不變的臉扭曲的教訓她還來得有新意。

其實，若真的受不了芙蓉可以寫信找仙界的友人出面跟敖瀟談，但芙蓉下過決心要盡可能自己解決問題，一直倚靠別人不是長遠辦法。芙蓉知道自己的實力很一般，被敖瀟支使當然有不好受的地方，但她自行理解為這也是修行的一部分。

世事不會時時如意，但逛花街實在太驚世駭俗嘛！芙蓉依敖瀟的要求一起去逛花街的事若傳了出去，到底誰會被人笑話比較多？一個妙齡少女跟一個成年男人去逛花街，又算是什麼場面？別人會覺得是這個男人想帶少女去賣吧？

還有，為什麼最初歲泫提起他跑到賭坊花街找消息時，敖瀟明明一張不屑的臉，現在卻是敖瀟主動說要去看花魁？龍王浮碧不是男的嗎？跑去看花魁有用嗎？別告訴她敖瀟那張丹青其實是在畫一個女人！

「讀萬卷書不如行萬里路，這名言流芳百世不是嗎？為兄現在帶妳去長見識，妳苦著一張臉幹什麼？」

「那種地方你要去就自己去，為什麼非要把我拖著一起去？難不成你想把我賣掉嗎？」

對！就是有這個可能！在明知道浮碧是男的、即使落難也不可能變成花魁的大前提下，敖瀟把她帶到花街上最容易聯想到的就是這個了。

在京城，她和女裝的潼兒一出門可是會引起那些吃飽沒事做的公子哥兒尖叫呀！雖說潼兒得到的尖叫比她要多一點點……真的只是一點點！

「妳覺得自己值幾兩？」

「當然是無價的了！」芙蓉抬頭挺胸的說，她才不會這麼笨被敖瀟套到話給自己定下一個市儈至極的價碼，雖然她現在算是為了五斗米折了腰而努力開源中，但她還沒笨到為了還債就把自己賣掉的。

敖瀟沒挖苦她，只是用一雙像是為古玩鑑定般的眼神打量了芙蓉上下一眼，然後頭轉回前方，什麼話都不說，這樣的態度比敖瀟挖苦諷刺她來得打擊更大。

芙蓉低頭看了看自己，雖然她一身格格不入的男裝讓她的美感度下降了，但應該不會因為這樣就貶值到嗜錢如命的敖氏一族覺得她沒有利用價值了吧？只看外表太膚淺了！

和芙蓉想的相反，敖瀟實在不敢評論芙蓉自身的價值，要是他敢多嘴說了一個價碼出來，相信仙界立即會有人下令送他七七四十九個天雷，以把他轟成炭灰為目標，一個接一個的落下。

「走了。」決定把議價的話題結束，仍舊一身豪華外出服的敖瀟示意動身。

「敖瀟你把實話說出來吧！我不會怪你把我的價值定低了的。」敖瀟不想說下去，可是好奇心被挑起的芙蓉卻心癢癢想知道。

「我們結束掉價碼的問題吧！凡人，你真的不去？」

「不了……請讓我在這裡等你們。」一直沉默不語的歲泫站在一邊，他每看一眼牌坊之後的紅燈籠，臉色就不自在一次，現在他乾脆找了個黑暗的角落蹲著等了。

「只不過是進去逛逛喝杯酒，你不用抗拒成這樣子吧？本殿下不會讓你有幹其他事的機會的。」敖瀟故意揶揄著歲泫，看見歲泫不知所措的反應他心情就很好。

「修道之人不應近女色……」

歲泫一說完，立即有三雙眼睛盯著他看，眼神中帶著濃濃的懷疑。

「等等！我上一次是去賭坊探消息，還沒有越過那條界線進入紅牌坊呀！」

歲泫氣急敗壞的指著前面不遠處的紅牌坊，那道牌坊就像是一條清水與濁水的分界線般。牌坊前的街道入夜後冷冷清清的，附近一帶的賭坊都已經打烊，賭夠了贏得大錢的賭客也大都移師紅牌坊後的花街去作樂，那邊像不夜城般熱鬧，一條街的紅樓張燈結綵，漫天的大紅燈籠高掛，打扮得花枝招展的姑娘們或坐或站在閣樓的紗帳後，曼妙身姿若隱若現。

曲漩城的花街規模不小，而這種地方對歲泫來說，是一個可怕的世界。

「歲泫去賭坊被打傷，現在敖瀟卻說要來花街找人，你們是交換了什麼意見嗎？」這兩人之前的態度都不像會好好一起商量事情，為什麼事情會發展到要來逛花街?芙蓉真的覺得無比納悶。

「因為靈機一動，本來為兄也沒想過要來這種地方。你們兩個有沒有留意到，曲漩城中邪氣最重的地方就在這花街裡?浮碧如果完好，他自然不會在這種地方，但假設他不是平安無事的狀態，或已經落入別人手中而仍在曲漩，那麼有可能把龍王的氣息遮蔽起來的也只有這裡了。」

「這樣也不是說不過去……我差點就以為浮碧的嗜好是上花街青樓或是敖瀟你自己想來。」芙蓉表示理解的點頭，不過這沒減少她逛花街的罪惡感。

「你真的不去?銀兩由本殿下出，這可是千載難逢的機會。」敖瀟瞟了歲泫一眼，像是試探他能不能抵受誘惑似的。

雖說進花街不一定就會和那些姑娘發生什麼牽扯，但一個普通的凡人男子真的能抵受溫柔鄉的誘惑嗎?老實說，敖瀟滿想把歲泫綁上一起去，說不定會有什麼有趣的事發生。

「六殿下表現得真像個表面不一的色中餓鬼……」

「潼兒小心被聽到滅口呀!」

「已經聽到了。」敖瀟額角青筋乍現，要不是為了維持自己的風度，他說不定早就動手敲了芙蓉和潼兒的頭頂不止一次了。

第十三章 有人偷窺了

扔下寧願蹲在街頭吹冷風也不肯再踏前一步的歲泫，以敖瀟為首，三個等級不同的仙人大搖大擺的越過那紅牌坊，踏進花街的範圍。

才沒走幾步，一身華貴打扮的敖瀟已經被整條街的人盯上。來逛花街的男人個個一臉羨慕妒忌恨的看向敖瀟，而做生意的則想著用什麼法子讓貴客將身上所有的銀子掏出來，若客人不掏，他們自有方法榨出來。

因為敖瀟是所有視線的集中點，連帶在他身後的芙蓉和潼兒也迎接了不少詭異目光。

「我就知道我不該來。」

芙蓉嘴角抽搐般縮到敖瀟身後，難怪別人說好人家的女兒千萬不能到這種地方，她已經換穿一身男裝了，還被看得渾身不自在。她踏進這裡才多少時間？每走一步她就感覺到四周眾多打量自己的視線，她現在是穿著男裝的，為什麼她還是覺得那些視線很有企圖、很噁心？

「芙蓉……早知道我們隱身了才來。」

同樣覺得被看得渾身不自在的潼兒雖然臉有難色，但作為男孩子的他，仍很有骨氣的擋在芙蓉面前，不過礙於身高，擋不了多少就是了。

「別在意那些多餘的視線，要逐一介意的話，妳一步也走不下去。他們不懷好意的看妳，妳就用氣焰更盛、更凌厲的眼神看回去，讓他們感受一下自己的渺小，根本連爬上來提鞋的資格都沒有。」

敖瀟微仰起頭，親身示範了一次怎樣把別人的視線瞪回去，他只是緩緩掃視一圈，那些路人立即出現鳥獸散，看得芙蓉和潼兒目瞪口呆。

「敖瀟你剛才把真心話都說出來了。」

「為兄沒用蟲子來形容已經十分收斂，妳有何不滿？」二話不說，他那攻擊性的眼神直接用在芙蓉身上了。

「沒有！我想說這種方法太棒了！回去我一定要立即學才行！」芙蓉猛地搖頭，要是敖瀟一個不爽把她扔下怎麼辦！

「那我們從那邊第一家開始逛吧！」

敖瀟左看右看，小規模的看不進眼裡，身家豐厚的他也不在意錢，挑了家門面夠豪華的，一進門他就開口說要見花魁了。

「我始終覺得我們的目的不一定要透過看花魁來達成。」

在花樓二樓的包廂中，雖然這房間內的布置及擺設很雅致，但是門板之外卻不斷傳來傷風敗俗到連敖瀟也受不了要下消音法術的聲音，在這樣的環境下，三個第一次逛花街的仙人已經開始覺得煩躁了。

「雖然為兄同意妳的意見，但來逛花街卻不上花樓，不是很礙眼嗎?比起那吵得讓人想用洪水沖掉的大廳，也只有花魁親自在房間接見才能安安靜靜的，到時候芙蓉可以慢慢的查探一下附近有沒有靈氣的異動。」真在是很吵很煩，敖瀟也開始反省來花街的決定是不是太倉促了。

「為什麼責任會落在我頭上?」

敖瀟定睛看著芙蓉，然後湊到芙蓉耳邊小聲的說：「這不是妳最擅長的能力嗎?」

「六殿下不要湊太近啦!」

潼兒突然插進敖瀟和芙蓉之間，奮力的把敖瀟湊到芙蓉耳邊的臉推開，芙蓉趁機退開了一大步，小心翼翼的看著一大一小的對峙，若敖瀟要動手教訓潼兒的話，她一定會很有義氣的幫手，雖然他們聯手也不一定打得過敖瀟。

「小仙童你真大膽。」

「是六殿下先逾矩了。」潼兒癟著嘴，眼睛不忿的看向敖瀟。

他就是看不慣嘛！一樣都是皇子，一個是凡人的五皇子，一個是水晶宮的六皇子，怎麼待人接物相差這麼遠？

他不會承認自己替李崇禮加分是因為他與東王公很相像，嚴格來說，一個陌生人見到李崇禮也會覺得他不好親近，但李崇禮絕不會像敖瀟這樣給人一種你必須依他說的做事的感覺。

潼兒不習慣也不喜歡敖瀟這套行事作風，他不是壞人，但個性卻會令人先對他產生抗拒。

敖瀟冷眼看著潼兒，良久才收回視線，裝作剛才什麼都沒發生過。

三人陷入沉默之中，一大一小的男性不時在大眼瞪小眼，而完全適應不良的芙蓉乾脆找了個自己覺得最安心的角落，仔細的感受著這裡靈氣的流動。

混亂……四周都只有混亂。

如果用顏色來表達靈氣，芙蓉看到的是一片灰黑色的混濁，這代表這裡潛藏著很多妖邪之類的東西，又或是放置了一些不屬於正道的東西，將原本應該流動的靈氣凝滯在此處，然後慢慢的變質成了現在這個樣子。

凡人篤信風水，有時候亂放風水陣法也會導致這樣的現象，京城中也有一些地方靈氣是混亂的，就像皇宮中的改建破壞了一開始的風水布局，結果變成小妖最喜歡住的地方。

但相比之下，這條花街的情況卻嚴重很多。芙蓉覺得奇怪，為什麼這裡的靈氣亂成這樣，她在進入曲漩後竟然一直沒有發現？單憑這一點已經不尋常了，只能說敖瀟這次的心血來潮應該中了大獎，還是說應該是一開始想來的歲泫中獎？

「難怪修道之人這麼多戒律，要是常常泡在這種地方，怎樣修煉都沒有用啦！」

這已經是敖瀟帶著他們逛的不知道第幾間花樓，同樣的，敖瀟也讓最當紅的花魁接待。這些墜落紅塵的青樓女子每一個都長得很美，當中也不乏仍保留著出於汙泥而不染的氣質。花魁進到包廂，敖瀟問了幾句話後都會直接施法術，讓那位花魁自顧自的彈箏撫琴，他們就偷閒休息一下。

最忙的還是芙蓉。她根本就是地毯式的搜索在這裡的每一個角落。

「妳在碎碎唸什麼？」

「我只是有感而發一下。」芙蓉半個身子掛在閣樓的窗邊，她很不喜歡花樓內那種濃烈的薰香味，打開窗讓空氣流通後她才覺得好一點。

這位花魁的樓閣大窗正對著大街，已經是深夜時分，大街上仍是熙來攘往，芙蓉趴在窗臺邊無聊的看著在街上走動的人。

越是探索這裡靈氣的流動，芙蓉的心情就越發的不好。不只是因為這裡很糟糕，而是她沒想到敖瀟會知道她一直沒明說自己擁有的能力。

為什麼連和她不算很熟的敖瀟都知道這件事?誰告訴他的?她可沒有告訴過別人自己對於掌握靈氣方面的能力呀!她不喜歡太多人知道這件事，雖然敖瀟不是口風不緊的人，但既然他有方法知道，就表示她的能力已經不是秘密。

好煩呀!芙蓉嘆了一口大氣，來曲漩遇到敖瀟後，事情一下子變得太複雜，害她一開始想藉著出門找避水珠順道玩一下的心情也沒有了。

「芙蓉妳怎麼了?」

對花魁表演也是毫無興趣的潼兒走到芙蓉身邊，遞上一杯茶，但芙蓉卻搖頭說不喝。

她不喜歡這裡，不喜歡到連屬於這裡的茶水都不想碰。沒有任何的根據，她也看不出茶水有問題，但是直覺告訴她不要亂碰這裡的東西比較好。

「芙蓉妳看起來很累，不如我們先回去?六殿下想再逛就由他逛好了，雖然他看似也要無聊死了。」

「他活該!誰叫他一定要花錢叫花魁，她們的琴和舞，會比仙界的女仙們好嗎?」

「不這樣堂堂正正進來查，難道妳想讓為兄帶妳隱身潛進來，然後看到一幕又一幕非禮勿視的畫面嗎？」

「……芙蓉，果然交友要慎選……」

「潼兒，我非常同意你的說法，但我們和他算得上朋友嗎？應該歸類為點頭之交吧？」

「你們兩個的悄悄話也太大聲了吧？」敖瀟今晚已經不知第幾次想教訓他們兩個了。

「才不是悄悄話呢！」

「呵！那芙蓉妳是膽子變得這麼大，敢當著為兄的面說話給為兄聽了？」

「連花街我們也敢來了，還有事情是我們不敢做的嗎？」芙蓉一副自暴自棄的樣子，她連看都懶得看敖瀟一眼，已經不在意他是不是會走上前狠狠的瞪她了。

如果他會揪她後領、拖她回去教訓的話，芙蓉倒是會十分樂意把他再激怒一點，怎說也始終能離開這個鬼地方。

伸了個懶腰正想起身催促敖瀟離開時，芙蓉突然覺得有一道視線鎖定在自己身上，似乎外面有人正窺視著她？這讓她十分不快。而且這道視線讓她回想起當初在京城三皇子的府第，被姬英在暗處窺看時的感覺……

是巧合？

比起那時，現在這道視線更會令人不由自主的冒出雞皮疙瘩——就像被冷血的爬行生物盯住了一般！

呀……她身邊現在也勉強算是有一隻在……

「怎麼了？」發現到芙蓉目不轉睛的看著外面，敖瀟走到芙蓉的身邊順著她的視線看出去，但是並沒有看出什麼異狀。

「我覺得有人在看著我，應該不是街上的人以為我是故意從窗口拋手帕的花姑娘吧？」

「看著妳？既然這樣妳還待在窗邊？」

「因為空氣很悶……不透透氣我支撐不了。」

「回去吧！時間也不早了，再逛下去也沒意思。」沉吟了一下，敖瀟決定先回去比較妥當，芙蓉雖然沒有說得很清楚，但她口中的視線一定不是街上路人好奇的那麼普通。

「真的可以回去了嗎？」

「其實還有其他地方可以找的，但光是來看花魁你們就已經這麼抗拒，接下來我說要去……」

「得了。我不想知道你下一步想到什麼地方找。」芙蓉覺得絕不可以讓敖瀟把下一個目的地說出來，現在她只想快快回去，寧願裹著棉被睜眼等天亮，也不要繼續待在這麼烏煙瘴氣的地方。

「什麼地方？」潼兒好奇的問。在他的認知中，賭坊加上花樓已經是這一帶的全部了，但聽敖瀟說還有可疑的地方可以去查，潼兒一時之間想不出來也就變得好奇了。

「我也不是只讓芙蓉妳一個人做事，之前歲泫收集到的那些看似沒有用的情報，我已經完全掌握了，在這花街上的人的確有人見過浮碧。」

只要給他一絲線索，一個晚上珍寶閣的掌櫃已經讓人查出不少有用的情報了。

「欸！」芙蓉和潼兒不約而同的驚呼，他們還以為今晚的行動會什麼收獲都沒有，敖瀟是什麼時候收到這樣的情報呀？一整晚都沒看到他和什麼人接觸過的呀！

「本來我以為浮碧會被藏在其中一處花樓。但似乎是落空了。」

「等等，這是怎麼一回事？」

敖瀟把他昨晚交代掌櫃的事簡單說了兩句。聽完他的話，芙蓉和潼兒才發現完全沒準備就來花街的只有他們兩個，原來敖瀟也不是胡亂闖進來做冤大頭的。

「花樓中的姑娘們有多少是自願的？不是被家人賣來就是被人販子硬迫著賣身的，既然這裡找不到人、也沒有更多的線索，下一個地點就是人販子了。如果浮碧真的在那裡，那就要在被賣掉之前找回來。」

「賣掉？的確……賣去做苦力的話不知道會被帶去什麼地方。」潼兒很單純的只想到失蹤的浮碧已經是成年人，一般來說成年男子賣不了好價錢，大戶人家不會收來路不明的成年人，所以落在人販子手上的成年男子最常被人賣去挖礦等等。

「要是做苦力還算小事。」敖瀟認真的說。

「欸？」

「小仙童你難道知道花樓，就不知道還有一種地方叫……嗚……」

「不要說了！聽完要洗耳朵的東西不聽也罷！我們快回去就好！」芙蓉在千鈞一髮之際不惜一切的撲上去把敖瀟的嘴巴摀住，但聰明的潼兒已經想出敖瀟原本要說的地方是什麼了。

「六……六殿下！要是被東王公知道你把我和芙蓉帶去那種地方，他一定會很生氣的！」

潼兒漲紅著臉，他很尷尬、很吃力的才把話開了個頭，而接下來的爆發性宣言，則首次讓敖瀟臉上出現了慌張的神色。

※　※　※

「真是熱鬧，看得我好羨慕呀！」

花街一處不起眼的花樓閣樓，紅紗薄帳一幅幅的掛在窗前，原本初春帶著冷意的天氣下是不應該把窗戶大開，冷風吹過窗外一列列燈籠的紅色光暈映襯著一道道紅幔，從房間看出去紅得十分華麗，這是曲漩花街一個特殊的美景。

換了是一般人在這花魁的閣樓上，美人在側，紅帳軟榻是讓天下間大部分男人羨慕至極的事情。現在美人的確在側，不過她卻是軟軟的倒在床上動也不動，一個頂著一頭火紅頭髮的青年抱著軟枕趴在床鋪上，一手支著頭，另一手懶懶的有一下沒一下的把玩著美人披散在床上的長長秀髮。

不過，紅髮青年的注意力根本不在美人身上。

紅黑色的頭髮在床上交纏，顏色對比的視覺刺激讓現場畫面變得更加神秘，配上窗外的一片紅，紅髮青年就像是融入了這紅色的豔麗中，或許會有人浪漫的以為他的存在就像是從窗外吹進來的一片紅紗吧？

「我說……為什麼我們這邊就總是這麼冷清呢？」青年側過了頭身看向身邊的美人，放下了手上把玩的髮絲，長指滑過美人露出衣服外的頸項，一直往上掃到臉頰。

美人沒有反應，被黑髮遮擋了的嬌美容顏沒有血色，即使被身旁的人這樣滋擾，眉頭也沒有動一下。

「呵……」

青年發出一聲愉悅的低笑，手輕輕的撥開了遮住了美人臉龐的黑髮，露出了她那張足以讓整條街的男人拜倒其石榴裙下的嬌美容顏。

「美是美，不過還是不及天上下來的呢！看看那邊那位，即使皺著眉頭，也還是讓人覺得這麼可愛。」

青年呵呵笑著從床上起身，原本披在身上的薄被子滑下，露出他一身和此地風格迥然不同的衣著，窄袖窄衣，色彩斑斕搶眼的腰帶和帶著外地圖騰感覺的刺繡，飛揚的紅髮也給人妖異的感受。

他撥開紅幔來到打開的窗前，帶著一道幽光的眼睛含著一抹笑意看著斜前方，那邊的閣樓同樣有一個人趴在窗邊，看得這個青年嘴角的笑意越發的深了。

「身上暗藏匿息珠，那位從水底來的高貴皇子在她身上下的功夫不少呢！不過，以為只靠著這種東西就可以把她的存在藏起來，也太小看我了……」青年坐在窗架上，任由紅色的頭髮被風吹起，如此顯眼的他竟然沒有吸引街上任何一個行人的視線。

即使街上的人有不少已經醉了、或是注意力都放在身邊的美人身上，但這一抹紅色的身影沒有任何一個人發現也太奇怪了，就連他正在觀察著的當事人也沒捕捉到他的存在。

青年著迷般的看著遠遠的閣樓，自己正身處的房間傳來開門聲也像是渾然不覺的樣子，連轉頭去看一眼都不願。

進來的人一身灰衣，步伐走得小心翼翼，從進來這房間後他不斷彎身把一些散落在地上大小不一的珠子重新收拾好，這些珠子發出螢白的微光，把灰衣人的臉色映得更青白。

如果敖瀟在場，看到這些珠子的數量恐怕也會嚇一跳。這些用來隱藏氣息的寶貝竟然像是大白菜般的隨地亂放，而且數量多到除了能將房間內所有的狀況隱藏起來之外，即使就在隔壁房間查探，也會因為這些珠子的存在而不會察覺到任何異狀，更別說現在佔據了這裡的紅髮青年還有別的手段能隱藏自己的行蹤。

仔細的把珠子放好，灰衣人繞過間隔內室的屏風，看到坐在窗邊的青年後赫然停下腳步，單膝跪下的同時視線也瞄向了床上的那個美貌花魁，但他視線中沒有半分驚豔，反而輕輕皺起眉頭。

「赤霞大人，您還需要……」灰衣人以分不出男女的沙啞聲音提問。

從頭到尾，窗前的青年都沒看他一眼，聽到他的聲音更像是有些許煩厭般，立即開口打斷他的話。

「已經沒興趣了。現在我有更想要得到的東西呢！」

被喚作赤霞的青年側過頭，一臉微笑的看向恭敬的跪在他面前的灰衣人，剛才還像是十分眷戀般把玩著床上人兒的長髮，時間還沒過一刻鐘，青年對她的感覺卻像是已經完全冷卻了一樣，投過去的視線漠不關心，一句沒興趣就宣告了灰衣人可以把床上美女當作垃圾處理掉。

「赤霞大人，請恕屬下多言，現在仙界水晶宮派了六皇子來，我方行事還是得小心謹慎的……」灰衣人仍單膝跪著不動，花街有什麼異樣自然瞞不過匿藏此處的他們，從敖瀟一踏入曲漩，他們已經悄悄的監視他的一舉一動，他早晚會找到花街也是意料中之事，只不過他們目前沒有必要直接和對方發生衝突。

「我有問你意見了嗎？囉囉嗦嗦的是想我把你的嘴巴縫起來？」青年仍是一臉呵呵笑，但嘴邊的笑容卻多了一道猙獰殘忍的感覺。

他不是說來玩玩，而是真有這樣的打算才說出口。

要是灰衣人再讓赤霞多一絲不滿，相信不只是被威脅要縫起嘴巴，更是會被用不同的殘忍方法來折磨吧？

「萬分抱歉！」十分清楚自己主人的喜怒無常，灰衣人深深的垂下頭，臉上變得毫無血色，手更不自覺的扶著一邊空蕩蕩的衣袖。

想起赤霞曾經的恐嚇，灰衣人不想自己的身體再因為惹赤霞不高興而少了些什麼了，一會兒他的主人心血來潮說想看他匍匐而行，便把他的另一隻手也砍了怎辦？

「對了，先前收穫的那個，適當的扔出去吧！」

「赤霞大人，您說的是……」

「我要給那可愛的女仙送上最有誠意的見面禮，我想她收到這份禮物心情會變得不錯吧？」

「這……」

「像你這種人，大概不會知道那女仙多麼的好吧？呵呵！那濃郁的靈氣，想必一定很可口。」

赤霞低笑著，從第一眼看到她的時候開始——即使她已經掩飾得很好，但他還是察覺到了，在她的身邊靈氣特別的濃郁。他雖是妖道的一分子，但靈氣是不管仙、妖都樂於尋求的東西，難得遇上了，他自然想要得到手。

去年夏天京城裡發生的事件，當中的細節他也透過仙界無法完全杜絕的途徑知道得一清二楚。姬英的事成不成功，赤霞並不在意，他從來不想理會那笨蝶妖的想法和計畫是否會成功。但多虧了姬英，他才會發現她的存在。現在她就在曲漩城，不就是天賜良機嗎？

看著不知盤算著什麼的赤霞，灰衣人心裡沒擔心是騙人的，他實在無法掌握這個主人在想著什麼，連一絲半點都沒辦法猜中。他們現在辦的事牽連甚廣，凡事都應該小心才對，但偏偏赤霞永遠不按牌理出牌。

灰衣人想要說什麼，但嘴張開後卻不敢發出一絲聲音。在他張開口的那一刻，赤霞垂眼俯視著他，那眼神活像只要他敢說一句話，就會死無葬身之地。

沒有人會想死的，灰衣人也是一樣，他還沒有偉大到為了向一個根本不願聽自己說話的人進言而送上一條命——那是多麼的愚蠢！

「你的表情在說著你心裡很不滿，不滿的心會是怎樣的呢？我很好奇……你會想要給我看看嗎？」輕輕的從窗緣落回地面，赤霞隨手拿起放在一邊原本屬於房間主人的扇子，他拿在手上轉了兩圈，拿著扇面的一端，用扇頭托起了灰衣人的下巴。

「饒……饒命……赤霞大人……」灰衣人沒有血色的臉只剩下驚恐的表情，他和赤霞之間的距離就只有一臂之間，一個不好，自己的心臟真的要和自己說再見了。

「饒，當然饒了。」赤霞笑彎了眼睛，黑眼睛中一道像日蝕般的銀圈，猶如一道冷光般的把灰衣人鎖住，讓他即使怕極了也不敢亂動半分，只能靜待赤霞鬆手放人。

部下對自己的畏懼讓赤霞感到很愉快，他喜歡別人畏懼他，也喜歡看別人害怕不安的表情，他總認為這才是最吸引人的表情。

凡是他看上的對象，他都想看看對方這樣的表情，這樣他特別有成就感。

「呀……真的想快點把她弄到手。那不一般的女仙，呵……」回頭看向窗戶，遠方閣樓處已經沒了對方的身影，但是赤霞的視線卻像是知道對方去了哪裡似的，一直看著大街轉角的某個方向，嘴角的笑越發的燦爛愉快。

「太遲了呀！當見過面之後，即使帶著什麼寶貝也不可能避得開我了。呵……」

第十四章 失憶的龍王……

半夜三更的坐在街頭，前方不遠處的牌坊後面是華燈璀璨的花街，但這邊牌坊前的街道卻沒掛幾盞燈籠，四周一片黑漆漆的。

歲泫坐在街角有一下沒一下的點著頭，每次垂到最低點時又會驚醒般抬起，雙眼惺忪的睜開，狼狽的抹了抹嘴邊流下的口水。他坐在這裡已經不知道等了多久，抬頭看了看夜空，也因為有著厚厚的烏雲而沒辦法看到星星，無法以此辨別現在的時間。

「乞……乞嚏！」

初春的夜晚很冷，歲泫身上即便已經穿了由敖瀟出錢提供的新冬衣，卻還是禁不起在街頭露宿的寒冷，照這樣下去，如果在街上打瞌睡一整晚，到明天早上被人發現時，也有可能會被人直接送到義莊（注：擺放屍體的地方）了。

從衣襟中掏出棉帕擦了擦鼻子，事實上敖瀟或是芙蓉都沒有要歲泫一定要在這裡等他們回來，查探的事不知道要花多少時間，也不知道過程中會不會發生任何突發事情，但歲泫放不下心而不願自己一人回去珍寶閣，自己雖然幫不上什麼忙，可是他覺得自己不應該坐享其成在暖和的精美房子裡蓋棉被睡覺。

在街上等一下算得上什麼！歲泫抹掉鼻水的同時在心裡替自己打氣，往年冬天他不也是自己一個人在山上的小道觀中過活嗎？那時屋頂不也破了個洞，而且棉被同樣薄得不太保暖，現在有上好的冬衣、還身在城裡，不是已經好上很多了嗎？

他的個性就是這樣單純，這番所謂的自我鼓勵若換成說給別人聽，恐怕不會有任何打氣的效果，反而會讓對方陷入對自己人生的絕望之中吧！

此刻是平常熟睡的時段，因打了個噴嚏而突然醒來的歲泫，沒多久眼皮又不受控制的想要合上。為了不再睡著，他站起身活動了一下手腳。

「嗚……」

歲泫突然跳了一跳的站住不動，表情驚訝的緩緩轉過頭，看向背後空無一人的小巷。剛才好像聽到一聲屬於女子的低泣聲，不是太清楚也很短促，只是一下就斷掉了。

「我想……應該是我太累幻聽了吧？」

像是女子的悲泣聲突然中斷，取而代之是從遠而近的腳步聲，步速並不快，一步一步維持著一個固定的節奏，是那種不緩不急，卻讓人想大喊走快一點的速度。

大半夜的聽到這樣令人焦急的聲音讓歲泫心裡發毛，他下意識的想看看是誰在大街上走動，那樣的腳步聲實在不像會出現在花街或賭坊這一帶的。如果是衙門派官兵來圍堵，官兵一向都是用跑的，曲漩的官兵不是軍隊，腳步聲會是零碎混雜的。

轉頭看向長街，黑漆漆空蕩蕩的沒有半個人，但腳步聲依然沒有停止，還在不停的接近。

雖說平生不做虧心事，半夜敲門也不驚，但那是真的有東西在門外敲門才作數吧！歲泫心裡悲嗚著他現在面前可沒有一扇門替他擋著怪東西呀！

「不……不會生平第一次……就是現在吧？」歲泫不住的輕輕拍著胸口想要讓自己冷靜一點。長這麼大，看著師父長年修行，大時大節盡所能的做足所有的祭祀，但他和師父都沒試過看見過妖怪鬼魂等。

就在這陣子，他在山上採藥就遇上了仙人，現在半夜在街上等人竟然撞鬼了？他該說自己是時運高還是時運低了？

心跳得越來越快，歲泫把一直掛在脖子上的破舊護身符摸了出來，正準備把自己從師父身上學回來的平安咒、辟邪咒全都唸出來時，突然他感到身邊有兩道黑影飄過，同時腳步聲從他的正面轉到了身後。

「欸？」歲泫很自然的跟著聲音移動的方向轉身看過去，同時已經越過他身邊的兩道黑影也在同一時間轉過身來，三道來自不同人物的視線雙交，他們之間的空氣好像有一瞬間凝固了似的。

歲泫沒法看清那兩個黑影的面貌，只是覺得有兩道視線在上下打量著自己，而他卻只能動彈不得的站在原地任由別人隨便看。

「限期之前我們會再來的。」

「什……什麼？」歲泫差點尖叫出來，突然遇到兩個極度可疑的黑影人已經令他滿心驚嚇的了，為什麼還要說出一句令人不可能安心的話？

什麼限期？限期又是什麼時候？誰的限期呀！你們到底是誰呀！

這些問題歲泫全都很想問，但那兩個影子就像剛開始傳出從遠而近的腳步聲般漸漸遠去，一瞬間街上已經再沒有他們的影子，腳步聲也由他們三人剛才相交的地方漸漸消失。

「這……到底是什麼情況……」

歲泫的臉色變得像白紙一樣，他剛才不會是遇上了傳聞中的鬼差吧？怎可能鬼都沒見過半隻，第一次靈異體驗就直接跳級見鬼差了嗎？不是說將死之人才會見得到他們嗎？還沒真正的走到人生的最後一刻，歲泫覺得自己短暫人生的片段已經像走馬燈般在腦海中高速掠過。

原本因為熬夜而多了點血絲的眼睛更是變得像兔子眼一樣，兩泡溫熱的眼淚掛在眼眶蕩漾著，只要儲多一點或是眨一下眼，就會變成兩行熱淚流下來了。

「歲泫你還在等呀？」

終於從花街出來的芙蓉率先走出牌坊劃定的範圍，大街上只有一個青年愣愣的站在路中心太顯眼，她想裝作看不見也不行。

然而，芙蓉下一秒呆立原地了。她心中本來仍有一絲脫離花街的好心情，一出來看到熟人更是高興，但是現在是什麼情況？她只是喊了一聲吧？為什麼歲泫哭給她看了！

芙蓉心想用很糟糕來形容歲泫現在的臉相信也不是太過分，一雙泫然欲泣的紅眼睛，連鼻頭都紅了，還有疑似鼻水流下……而歲泫大概是想要忍住不流淚，嘴巴既癟著又死咬著牙關，看上去他就是一副受了極大委屈的樣子。

不只是芙蓉震驚了，緊跟著芙蓉身後的潼兒也一樣看得目瞪口呆，他們兩個長這麼大也沒看過男生哭得這麼淒慘的。因為太過衝擊，兩個人都沒辦法說出半句詢問或是安慰的話。

「這副噁心的樣子，不會是在這裡等的時候被做了什麼吧？」敖瀟實在受不了歲泫這張慘臉，第一個別開頭，眼不見為淨了。

「做了什麼？」包括當事人在內，三人異口同聲的問。

也因為開了口，歲泫那兩行熱淚終於流了下來。

「看他沒衣衫不整的，大男人也不會被人拖走……」

「六殿下！」潼兒氣急敗壞的叫了起來，他一張臉都紅了。

而芙蓉則從袖子裡掏出一本有點殘舊的手札，打開裡面其中一頁翻出來給大家看，寫下手札的原主人寫得一手很醜的字，歪歪斜斜的要多一點耐性才看得明白寫了什麼。

上面簡單的介紹了女仙萬一下凡的話要小心採花賊，不過男仙也得當心，因為不能排除有個別採花賊有特別喜好。

「所以是辣手催草？」芙蓉改了一下四字成語。

「欸？這……這本怪東西是什麼人給妳的！」潼兒大大的退了三步，顫抖著的伸手指著那本可疑的手札，從本子的殘破度還有非規格的尺寸，它一定不是紫府出品的指南書系列！

這樣可疑的東西到底是誰送給芙蓉的呀！

「是出發來這裡之前雷震子大哥和信一併寄來送我的，難道歲泫剛才的樣子不像遭毒手嗎？」芙蓉坦白的說，她不覺得這本手札有什麼不好的地方讓潼兒有這麼大的反應，她覺得裡面雖然無聊的內容也有不少，但有些還是很實用呀！

「完了完了！芙蓉被帶壞了！竟然連這樣的話也說出口了，一點矜持也沒有了！」潼兒不知所措的抱頭悲鳴著，要不是他比芙蓉年紀小，不然一定會被人誤會現在是誰家老父哭號著家中閨女學壞了。

「個人認為她本來就沒多少矜持的了。」敖瀟故意擺出一張恨鐵不成鋼的沉痛表情，但眼神卻包含著滿滿的揶揄。

「才沒有發生過那種事！姑姑不要再看這東西了，好人家的姑娘不應該看這些、也不應該說的！」被誤會的當事人氣急敗壞的直跳腳，他寧願再被人打成豬頭、被取笑，也絕對不想被人誤會他遭遇了變態色魔。

面對三個男人對自己的指摘，芙蓉沒好氣的翻了個大白眼。

「等等！現在我們是在問歲泫發生了什麼事吧？為什麼火會燒到我身上來！」突然變成話題主角，芙蓉當然不依，二話不說奮力的撥亂反正，讓大家的注意力重新回到歲泫身上。

歲泫老實的把自己為什麼一臉淒慘的原因說了出來，結果換回來的不是帶著善意的安慰，反而是一道道疑惑的視線。

芙蓉和潼兒第一時間湊到歲泫面前，仔細的把他的臉看個清楚，兩人還立即拿出有關面相研究的指南書參詳。而敖瀟更是上前直接伸手把歲泫的臉扳到左邊再扳回右邊，動作一點也不留力，再多用力一點，相信歲汯得動用靈藥級的藥物來把斷掉的脖子接回去。

「痛！」歲汯扶著自己的脖子，好不容易止住的眼淚又冒出來了，痛到飆淚呀！

「不可能。」敖瀟斬釘截鐵的說，他不認為自己會有看錯的情況。

「我也看不出來喔！」潼兒安慰的拍了拍歲汯的手臂，雖然看面相的功夫仍是未成熟階段，但只是看死相的話，潼兒認為自己看錯的機率很低。

「根本就沒有死相，是你自己眼花了吧？」

「但若不是我快死了，鬼差為什麼這樣說？」

「說不定地府……他們說的是別的事情，只是你單方面誤會了。」從自己嘴巴中說出地府二字著實讓芙蓉忍不住打了個寒顫，不過今次的事應該牽涉不到他們，地府之友塗山也不在這裡，這次不會又冒出一、兩個地府十王，然後大頭目再堂皇登場吧？

「這樣呀……」

「我們三個仙人說的話你都不信嗎？我們也沒必要說謊騙你，就算我和潼兒說了不算，你覺得敖瀟會這麼好心用善意的謊言哄你嗎？」

「也是……」歲汯這才釋懷，臉上重新掛出他老實的笑容，但下一秒他又像是表演特技般變了一張驚恐的臉，後退了不止三大步。

「芙蓉，為兄真想不到原來妳對為兄的了解是這麼的深，或許我們應該藉著這次機會好好的再深入了解對方，為兄衷心的希望此期不遠。」

風是迎面吹來的，但現在敖瀟那頭帶鬈的頭髮卻是向上飄的，百分百的怒髮衝冠了！

芙蓉轉過頭，看到了豎瞳和獠牙都已經冒出來的敖瀟……

※　※　※

仙人不睡覺也不會對生活有太大的影響，不過在凡間的日子芙蓉也習慣了晚上睡覺。現在已經日上三竿，一夜未眠的芙蓉眼窩下出現了一個淺淺的黑印，雖然她不是最愛美的女仙，卻也看不過自己一雙黑眼圈，連忙給自己弄了個針對眼睛用的熱敷。

只不過，所有材料是由潼兒準備的罷了。

「我討厭敖瀟一整晚不睡也精神奕奕的樣子。」眼睛上蓋了塊暖熱的絹巾，芙蓉拖了條被子捲在身上，等待潼兒把東西準備好。

「聽說水晶宮的主子們晚上不睡覺，都窩在寶庫裡數仙石寶玉的呀！跟他們比鬥熬夜，絕對是自殺行為。」潼兒抱著一個小藥缽，邊說邊攪拌著裡面的東西，質地有點像漿糊，雖然不好看，但味道卻很好聞。

「我現在知道了。」

「是說芙蓉有沒有被索取賠償？」潼兒問道。

「上次的人參變成白送了。」

「這也已經是很好的結果了，不然六殿下獅子開大口，憑芙蓉的講價技巧斷斷說不過的。」把藥缽中的東西裝到小玉瓶後，潼兒拍了拍芙蓉要她起來。

「我無法反駁潼兒你說的……」一手把絹巾抓下來，仍留下淺淺黑圈的眼睛看上去已經比剛才好了不少，接過潼兒遞給她的小瓶子，倒出裡頭的東西來塗了幾次後，又回復一雙精靈的明眸。

兩人整裝待發後，不忘過去敲敲歲泫的房門看看人醒了沒，雖然不一定要歲泫一起跟著去，但好歹也要和他說一聲才行。

「你在幹什麼？」

一開門，芙蓉就看到類似之前自己房間的情況，不過歲泫翻出來的雜物一張桌子就全放完了。

「姑姑早安，剛才想收拾一下昨天換下來的衣服和準備帶出去的包包，卻發現多了一卷小畫卷，沒印象是什麼時候收起的。」

「來路不明的東西別留著比較好。」芙蓉瞄了眼那卷不太起眼的書卷，她這一刻沒有感覺到畫卷有什麼問題，但一卷普通的畫卷又怎可能長出腳來跟別人回家？

可是東西就是跟著歲浤回來的。

畫卷本身不像有害的樣子，芙蓉細想了一下後，還是覺得現在自己就出面處理並不恰當，再說時運低被鬼纏會出現的印堂發黑的情況，也沒有出現在歲浤身上，他那個額頭光滑得都可以當照妖鏡了。

但看著那來路不明的畫卷，歲浤心裡還是感到一點點毛骨悚然，可要他現在扔了畫卷，他又做不出來。他心裡悄悄的打算，等忙完今天的事後再把東西帶去廟裡拜一拜，若真的有什麼東西在上面也無所遁形了。

他們三人來到珍寶閣門口時，敖瀟已經準備好了，在一旁的是掌櫃和之前不知去了哪裡的龜丞相老人，聽他們的對話，大概是掌櫃和龜丞相在阻止敖瀟紆尊降貴跑去人販子那種地方。

現在這節骨眼走過去，一定會變成敖瀟唾手可得的藉口，芙蓉才不會這麼笨的送上門被敖瀟利用。昨天晚上他們兩人討價還價，芙蓉徹底處於下風，敖瀟是不會放掌櫃在眼內的，但是龜丞相德高望重的地位卻不是敖瀟想要呼之則來、揮之則去的！

芙蓉拉住想走上前的歲泫和潼兒，把他們一起拉到門後等著看好戲，但轉眼就被發現了。

「看夠了沒？看夠了就出發了。」

「嘖！被發現了！」

「芙蓉越來越粗魯了，都是雷震子大人的錯。」潼兒欲哭無淚的跟著出了門。

事實上他們都誤會了，原來掌櫃和龜丞相並沒有反對敖瀟親自殺過去人販子的地盤，他們在意的只是敖瀟把人帶回來時的手段而已，龜丞相耳提面命的提醒敖瀟，怎樣也好千萬不要把人販子們幹掉了。

因為要去的地方不是可以光明正大暴露在陽光下的，所以敖瀟今天沒之前穿得那麼惹眼，雖然衣衫依舊明亮，但起碼少了上等人出巡的感覺。

既然說了要去人販子那邊找人，以敖瀟的習慣，當然不會什麼準備都沒有，作為地頭蛇的掌櫃一早已經為敖瀟查清楚人販子的根據地了。

雖說賣身一事朝廷並沒有明令取締，但是人販子們不敢光天化日下把人推出街上來叫賣，他們更不會把地盤選在繁華的大街，雖然也在城內，但人販子聚集的地方明顯飄盪著一種陰沉、沒生氣的感覺。

「沒了自由被當成商品般販賣，接下來一輩子都得為奴為婢，甚至將來的子女都是同一命運，有這樣的未來等著他們，想也知道怎可能表現得生氣勃勃？簡直是屈辱！」敖瀟咬牙切齒的說。

這番話像是行動前的宣誓般，一說完，敖瀟筆直的走進一間只開了條門縫的店。

他突然來這一套，讓跟在後頭的芙蓉等人反應不來，待他們跟著衝進去時，店內那些一臉壞人樣的男人們已經全部變成了一尊尊冰雕，他們的表情就像日常般，看來連反應都來不及做就被凍住了。看著這些冰雕，好像輕輕一碰就會碎成一地的碎片般。

踏入門口的一剎那，芙蓉和潼兒立即感覺到了，以門口為界線，敖瀟設下了一個隔離法術，施法的人在符令中可以加入自己慣用的效果，相信這些暫時變了冰雕的人在看到敖瀟的那一刻，就已經被隔離法術中附加的障眼效果影響，連自己是怎樣變成冰雕的都不知道。

「敖瀟！你不會是想把他們都幹掉吧？殺害凡人罪犯天條你冷靜一點呀！」芙蓉不喜歡濕氣重的地方，加上敖瀟的法術把溫度弄低了不少，她耐不了寒搓了搓手臂。

他們才剛進來，敖瀟卻已經走得很裡面了，還順便轉了個彎繞到店面的後方，只用一道森冷冷的聲音回了芙蓉的話。

「不犯天條的情況下，本殿下不出這口汙氣誓不罷休！還是妳想本殿下再用別的手段把這裡化成一片水澤？」

水澤和冰雕二選一呢……

芙蓉不懷疑敖瀟的能力，他要是真的想做，曲漩城一帶從此刻起下個十天半個月的豪雨是絕對沒問題的，最後雨勢會停也是因為天宮阻止，而不是敖瀟力歇。

敖瀟的憤怒是真切的，不只是生氣，還包含了把龍王浮碧丟到這種地方而讓高傲的敖瀟感到屈辱吧？

「不……不會有事吧？」歲泫驚恐的看向那些冰雕人，他們全都維持著剛才正在做的動作，看在歲泫眼中這畫面詭異極了。

「敖瀟在生大氣，歲泫你小心點別惹到他呀！如果不想一起變冰雕的話。」

「我知道了，姑姑。」歲泫高大的身材硬是縮得小小的跟在潼兒後面走，把原本凝重的氣氛添上了幾分滑稽。

敖瀟在一個個上了鎖的房間前巡行而過，不用一一細看裡面關著的是什麼人，他只需要抓住那微弱到幾不可察的靈氣向前走就是了。

最裡面的房間只關了一個人，敖瀟來到這個房間前，一手就把門上的鎖毀掉。打開門，只見一個穿得破破爛爛的人無力的躺在一堆乾草上面，隱約看得出來那人身上穿的原本是他的龍王袍服，但竟也變得讓人認不出原形來了。

雖然一片青白，但浮碧的臉容和敖瀟畫出的丹青一模一樣，可是現在看不到畫像中的他原有的威儀，反倒讓人先生出憐憫之心。

如果浮碧知道自己竟然以這副模樣出現在人前，想必也會羞憤得先吐一升汙血吧？

雖然把瘀血吐出是好事，不過在旁邊看的人會很驚嚇的，芙蓉決定事後絕對不要在敖瀟或是在這位浮碧龍王面前提起這件事，不然她有可能被封嘴滅口。

浮碧身上散發出的靈氣弱得不尋常。能當上一方水域的龍王自有不低的仙階，但他竟然會奄奄一息到這種程度，那麼敵人到底有多強？

芙蓉一陣心驚，看來這次襲擊浮碧的敵人不是省油的燈。敵人究竟是動用了什麼卑鄙手段把龍王弄成這個樣子？甚至把完全沒有反抗能力的龍王扔在人販子這裡……可見他們有著高明的手段。

另外，有一點芙蓉感到十分困惑，現在親眼看到浮碧，知道這一絲的靈氣是屬於他的，但為什麼之前怎樣尋找也找不到他的下落？

到底是這些人販子當中有妖道的人？還是妖道的人利用了這些人販子？不過，在外面那些不會反抗而被凍成冰雕的人，應該只是不知情的普通凡人吧？如果之前藏得這麼好，為什麼他們要把龍王浮碧還回來？背後會是什麼陷阱？芙蓉想不明白。

芙蓉本以為敖瀟會很激動的上前查看浮碧的傷勢，但結果他只是站在浮碧前方一動也不動，表面上看好像很平靜，但那張高傲的臉已經板得硬硬的，露出袖子的拳頭用力得泛起青筋，活像隨時就會變回龍爪似的。

芙蓉不自覺的移開了兩步，雙眼盯著敖瀟的手看。若真的變成龍爪子，那敖瀟隨手一揮，威力絕對不能小看。

她不敢問敖瀟為何不上前，一旦問了就會把在爆發邊緣的敖瀟引爆。但他不動，不代表全部人都要站著等。芙蓉和潼兒早預想到找到浮碧時他的狀況不會太好，兩人的百寶袋中早已準備了一些應急用品。

帶上歲泫，三人忙著處理浮碧的傷勢。

他們把外露可見的傷勢處理過後，浮碧眼皮微微的抖動轉醒。

第一個和浮碧對上視線的是芙蓉，或許因為第一眼看到的是女孩子，浮碧並沒有很大的反抗，只是陌生又警戒的看著芙蓉。

那是一雙像湖水般清晰的漂亮眼睛，芙蓉看著這雙眸子，想要解釋他們一行人是誰，但她發現睜眼後的浮碧從頭到尾都只是看著她，眼中更只有茫然和警戒。他沒有察知她是女仙的身分，似乎更沒有認出站在她後面幾步的敖瀟。

先不理這個問題，芙蓉和潼兒先把沒多少氣力的浮碧扶起，心想浮碧不認識她不奇怪，畢竟大家素未謀面，但看到敖瀟的話會放心吧？以敖瀟能簡單的把浮碧的臉容畫出來，他們……

芙蓉心裡的重逢美景還沒描繪出一個具體的藍圖，敖瀟一聲冷到極點的低喝已經把所有的想像擊成碎片了。

「浮碧，是誰做的？」

別人不知道的還以為浮碧欠了敖瀟很多錢，現在債主要把欠債的碎屍萬段般。

「敖瀟你別太心急……」芙蓉微嗔的瞪了敖瀟一眼，他再生氣也該看看情況吧？人家重傷剛醒，還沒弄清楚現狀就問他凶手是誰，不是應該先讓傷者安心的嗎？

敖瀟的態度自然讓人抗拒，一聽到他的聲音，浮碧掙扎著避開了歲泫和潼兒扶著他的手，他抱著雙臂很不安的戒備著眼前的所有人，連帶他看向芙蓉的眼神也多了幾分疑惑。

浮碧不認得敖瀟了?當芙蓉看到浮碧剛才微微瞇起眼看向敖瀟後，仍是同一個戒備的表情，心裡一涼——最糟糕的情況發生了?不會這麼不巧吧?

「你們是誰?」浮碧茫然的看向剛才低吼的敖瀟，他連他們水晶宮的六皇子也不認得了。

敖瀟嗖的一聲箭步上前，沒有芙蓉想像般面露關懷的慰問浮碧，暴怒中的敖瀟竟然是先一把揪起浮碧的衣領，把原本勉強坐在地上的傷者硬是提了起來，一雙充滿了怒意的眼睛死瞪著不知所措的浮碧。

嚇了一跳的浮碧立即想掙開眼前他認為的陌生人，但是才剛有這個念頭，浮碧發現以自身和正揪著自己衣領的男人為中心的地面，正在高速結冰中。

「敖瀟你冷靜一點!」芙蓉連忙上前拉住敖瀟的手，無論浮碧是因為什麼原因認不出人也好，他現在是傷者，更是事件的受害者吧?怎樣也不應該對他使用暴力的。

在場的人中也只有芙蓉有膽子接近暴怒中的敖瀟，潼兒想要是自己一同走上前，以敖瀟現在的凶暴，說不定會驚動東王公放在他身上的保護法術，而且他還得看著歲泫，別讓身為凡人的他在敖瀟的怒氣中遭殃。

敖瀟惡狠狠的瞪向拉住他手臂的芙蓉，一雙變回豎瞳的眼睛無聲的警告著要芙蓉放手。

芙蓉也是怕的，她從沒見過敖氏一族生氣起來原來是這麼恐怖，要是敖瀟想要拍飛她，只須動一動手就能辦到，而且他這麼生氣也不會記得手下留情……她已經做好心理準備要被拍飛了，誰叫在場有辦法阻止敖瀟的只有她。

她相信現在的情況應該是自己能力範圍內可以處理的，如果到了勸架不成、變成暴力事件的話，再考慮找幫手吧！

敖瀟有一剎那真的想動手甩開芙蓉，但當他感覺到自己一雙手從兩個不同的人身上傳來的抖震後，終於讓他冷靜下來。

浮碧現在不認得他，面對盛怒的自己當然會驚慌，而勇字當頭衝上來阻止的芙蓉明明手都抖不停了，還死命抓住他，活像她一放手他就會劈了浮碧似的。面對兩個明顯比自己弱小、但堅持不服的存在，敖瀟還能凶下去才怪。

手上的力道放緩了一點，但是敖瀟仍沒有鬆開浮碧的衣領。

「我們回去。」

「你們到底是誰？」感覺到對方沒了之前的殺氣，浮碧找準機會再次掙扎。可惜原本浮碧就打不過敖瀟了，現在一身是傷更加沒可能，他的掙扎只讓敖瀟臉上又再多了幾分讓人毛骨悚然的神色。

「本殿下是誰？好一個愚蠢的問題，竟然向主子詢問這般可笑的問題，看來你真的是糊塗了。」冷笑了幾聲，這次敖瀟在芙蓉阻止之前已經動了手刀，把剛醒來沒多久的浮碧重新敲暈了。

「你……你……你真是太過分了！」看到軟倒的浮碧被敖瀟拱在肩上，芙蓉一手指著敖瀟叫了起來。

「難道妳想在這種骯髒不衛生的環境繼續和一個失憶的對象糾纏下去？把人帶回去再聊比較節省時間。」

「你這是為綁匪般的行為找合理化的藉口罷了。」芙蓉沒好氣的說，不過她卻不得不同意再在這裡糾纏下去也不是辦法。

「隨妳怎樣說。」敖瀟在自己和浮碧身上施了隱身法術，把進來時下的結界去掉，身影一閃就飛回去了。

「那我們怎麼辦！」芙蓉朝著敖瀟消失的方向吶喊，回頭看了看潼兒和歲汯。潼兒是會飛，但以潼兒的能力卻沒辦法拖著歲泫一起飛，而芙蓉也沒打算讓歲泫抱住自己飛回去。

彩雲嗎?芙蓉這個念頭才冒出來，心有靈犀剛好想到同一件事的潼兒連忙反對，原因是芙蓉的駕雲技術有些爛，在山上亂飛就算了，在城內飛一個不好會釀成重大意外的。

「事到如今，我們只有自己走回去。歲泫你認得路就帶路回去吧！」

※　※　※

本以為找到龍王浮碧，事情就算是解決了一半，沒想到事情又朝複雜的方向發展了。一路走回去的時候芙蓉垂頭喪氣的，連走過她平日最喜歡流連的點心店也忘記停下腳步。

芙蓉一直思索著仙人是否也會患上失憶症，以仙人的回復能力，照理說很難被打到連記憶都丟掉。若不是被人打成這樣，就只剩下用法術影響的。

「呀！抱歉！」

隨著一道屬於青年的聲音，正低著頭走路的芙蓉看到幾個畫卷在自己前面滾過。如果是有橘子滾過的話還算正常，畫卷滾過實在太少見了，所以芙蓉順著畫卷滾來的方向看去，一個揹著竹製書箱的書生跌趴了在地上，畫卷大概就是從他那竹箱中滾出來的。

又是畫卷？芙蓉記起了歲泫也是撿到一卷可疑的畫卷，現在走在街上又遇上有書生摔出了畫卷，難道曲漩這裡特別流行這種的嗎？芙蓉撇了撇嘴，不知怎的她發現自己竟然沒有一絲意願彎下身幫忙把滾過腳前的畫卷拾起來，即使那位摔個狗吃屎的書生正狼狽的在收拾掉出來的東西……

芙蓉沒有意願幫忙，更拉住了想要上前的潼兒和歲泫。

「芙蓉？」

「我們還是快回去吧！不然敖瀟又會說些不好聽的話了。」

「姑姑妳的臉色不太好……」

「我沒事，快回去吧！」芙蓉硬是一笑搖了搖頭，她不想在這裡說出感覺不好的話讓潼兒和歲泫窮緊張。敵人是一定在附近的，但是她沒辦法鎖定對方的位置，只是知道有什麼在附近。

雖然從敖瀟口中已經知道事態不簡單，妖道既然有膽子向龍王下手，必定已經派出了實力高強的妖道中人，但實際看到浮碧現在的狀況後，緊張感卻變得很不同——事情可能比自己想像的更加複雜和危險！

芙蓉認為自己不可莽撞，現在以任何方法撕開對方的真面目，對自己一行人沒有半點益處。

芙蓉知道自己現在的判斷沒有錯，但卻覺得不甘。要是自己強一點，實力能保得住潼兒和歲泫的安全，又可以抓住暗藏的敵人，那該有多好？

「我這不算是敵前逃亡，只是戰略性撤退！」芙蓉小聲的跟自己說，一手抓著歲泫的衣袖，一手拉著潼兒的手臂，繞過那摔倒的書生快步離開。

看著那抹桃色身影掠過，在暗處注視著芙蓉一舉一動的一雙眼睛愉快的瞇了起來，視線也一直看著她的身影完完全全的消失在街角。

「呵……」

這一聲帶著愉悅和異樣情感的輕笑聲響起，他彎下身撿起一卷掉落的畫卷，幾道細小的黑影從畫卷掠出停在他的手上，但下一秒卻被他一把掐住化成了煙塵。

「不打緊，這樣才有狩獵的樂趣。」

《芙蓉仙傳之尋寶女仙我最行！》完

番外一
我的妹妹真的好可愛

凡人眼中成仙可以長生不老，越是有權勢的人越想成仙，每次快死時就尋找仙丹靈藥，把修煉成仙想像得過於簡單了。

所有入了仙籍的仙人都要守天宮訂下的規矩，要是得到玉皇陛下賞識獲得一官半職，那麼永無休止的勞動生涯隨即展開。

仙人是長生不老、不會死的，不是嗎？那就是說你已經沒有年老告病的藉口了。

成仙前是凡間呼風喚雨的皇帝又怎樣？在凡間是一人之下、萬人之上又如何？成了仙，頭上自動多了一堆終極上司，不把正在閒雲野鶴的天尊們算進去，誰敢去挑戰權力最大、地位最崇高的玉皇大帝？

即使不把這一位算進去，在仙界隨手一抓也是一堆帝君、大帝、娘娘之類，像那討厭的李氏老頭也有個天王的名號。所以，不想有人騎在自己頭上就不要想成仙啦！

就因為李天王這個名號，害他不情願的被人喚作三太子多年，天知道他介意死了！

天上地下都知道他老早跟姓李的老頭沒關係了好不好！他又削又割的，連身體都換成食用植物也擺脫不了李氏老頭的掌控，這樣真的很討厭，他從改過重新做人那天起就打定主意只認自己的師父，不想認那個老頭的。

他是曾經的不良少年，如果以他對名義上父親的反抗程度來判斷，他現在仍是個不良青年。

「哎呀，哪吒原來你來了？」

一抹清瘦人影從蓮池旁的樓閣步出，一身打扮不像個仙風道骨的仙人，反而像是個過分瘦弱會在農務中昏倒的中年書生。

他是這洞府的主人，哪吒的師父，太乙真人。

仙人只要仙階到達某個高度即可以擁有自己的洞府，而哪吒的師父太乙真人是位在仙界出名的園藝愛好者，他的洞府以一座廣闊的蓮池還有九曲橋而聞名。

留著一頭削得短短的頭髮，臉上畫了個誇張紅蓮圖騰的哪吒捲了褲管和衣袖站在蓮池中央，手邊的簍子中有幾根剛挖出來的肥美蓮藕。

「師父。」哪吒朝來人笑著點頭，這招呼自然的發自內心，和他在天宮時的死板表現完全不一樣。他飛離蓮池，同時用一個簡單的法術清理掉沾在身上的泥汙，換回一身天將的標準打扮。

「今早玉皇陛下問到你，李天王臉都黑了呢！」太乙真人見自己原本打算做的工作已經被徒弟做完，乾脆到一旁納涼去了。

一聽到李天王三字，哪吒臉色一沉。雖然他一個字都沒說，不過太乙真人猜到哪吒在心裡罵了好些難聽的話。

「李天王說找到你要好好的教訓你。」太乙真人對自己的徒弟十分了解，這時候最好稍微給他一些時間咒罵某人比較好。於是，在心裡默數了五十下左右，太乙真人繼續笑著說：「不想被李天王抓到的話，天宮西殿那邊有玉皇陛下找你的理由，到了那裡，李天王也不敢對你做什麼。」

「西殿？」

「玉虛宮天尊們來了，有位初到天宮的貴客，玉皇要你照應一下。去西殿看看如何？」

對師父百分百信任的哪吒沒有細問，鄭重告辭後就趕往天宮去了。李老頭的出沒路線哪吒十分清楚，只需要繞過某些地點就能避開他而到達目的地。

不過，哪吒也沒去過西殿多少次。天宮的南殿全都是辦公區域，哪吒值勤時也待在那邊；至於北殿則是玉皇的起居地，東邊是活動用場地，西殿所有的宮室理論上是給客人用的宮殿，不過以仙人的腳程來看，是否有需要準備這麼大的一個客用宮殿，卻有待商榷。

來到西殿，哪吒已經看到幾個仙童躲在牆角和柱子後偷看，哪吒冷眼從後看著他們，男仙出現這樣的行動大多只有兩個情況：一種是仇人就在轉角某處，他們正等待機會伏擊，不過他們手上沒有武器想必是第二個可能性，那裡一定有個漂亮的女仙。

繞了出去，哪吒在宮殿門口停下腳步，訝異的看著裡面正被偷看著的對象。那的確是個漂亮的女仙，不過還要等好些年才會成真就是了。

宮殿內有一個小女仙很無聊的看著天花板，看樣子連天花板上雕了幾朵花、幾隻鳥她應該快能數出來了。她的打扮不像是來天宮見習，而且能待在西殿也絕對是客人之流。

玉皇要他照顧的就是這個小女孩嗎？真是糟糕！

哪吒有點退縮，他臉上畫著誇張的圖騰，也不懂面對小丫頭時要擺出什麼表情才不會嚇到人。站在門口的哪吒還沒準備好，原本在發呆的小丫頭因為聽到了腳步聲而轉過頭，她看到哪吒時愣了一下，接著一雙漂亮的大眼變得閃閃發亮，動作飛快的跳下椅子，五短身材就像隻可愛小動物般朝哪吒跑過去。

跑過來了！哪吒突然有種不知所措的感覺，他要不要伸手去接？

他的擔心多餘了，小女仙跑到哪吒面前時已經收了腳步，她只是伸手拉住哪吒的衣襬。高度只到哪吒一半的小女仙頭上綁了包包頭、戴著鮮花，身上穿著一襲粉嫩顏色的可愛衣裙，一雙眼睛充滿期待的眨呀眨，這純真的模樣讓人覺得要是拒絕一定會遭天打雷劈。

她可愛到太犯規了吧？哪吒覺得如果自己有一個這樣的妹妹應該很棒，一定會覺得絕對不可以讓其他危險的男人接近她吧？

「我叫芙蓉，不良哥哥是不是來帶我去玩的？」女孩的小手拉著哪吒的衣襬搖了搖，另一隻手指著自己對應哪吒圖騰位置的臉頰，似乎是想表明自己是因為這一點而認出他的。

哪吒覺得自己現在的表情一定十分扭曲，一個極度可愛的小女仙第一次見他，就用不良二字當成代號稱呼他了……是誰教她的！

「不良哥哥？」發現哪吒沒有動作，不明白當中狀況的小女仙只想著儘快達到目的，拉衣襬變成拉衣袖。

心裡是有些氣，但哪吒屈服在小女仙期待的眼神中了，問道：「妳……想到哪裡玩？」

作為老頭最小的兒子，哪吒記憶中沒有人曾對自己撒嬌，她這樣做讓他心中開滿了小花，連原本想要以身作則教育小女仙遠離壞人的打算都忘了。

「去逛逛池子什麼的吧？」

「嗯！」聽到有可以去玩的地方，小女仙臉蛋興奮得紅通通，露出一個必殺的甜笑。

從西殿出來後，芙蓉原本是拉著哪吒的衣袖、兩人並排走的，但不知不覺變成了哪吒抱著她走。雖然這個只有五、六歲身板的女娃並不重，但第一次見面沒多久就抱著人家四處走，哪吒覺得自己有可能會被誤會成拐帶小女仙的變態。

他的外表在天宮本來已很顯眼，現在加上嬌滴滴的小女仙，放在他身上的視線比平時變得更多。哪吒心裡多了幾分不安，太過顯眼會變成話題，成了話題就會被廣傳，老頭一聽到就會順著傳聞擴散的中心找來，他沒忘記自己今早蹺了朝議，現在被逮到下場一定很慘。

「哪吒！你在幹什麼！」

果不其然，還沒走到天宮內給仙人休息的庭園，一聲外人覺得穩重如山、但聽在哪吒耳裡卻像殺豬的聲音從稍遠的地方響起。

「嘖！」自然反應的發出不快的聲音，但隨即一雙過分清晰的大眼睛卻好奇的盯著他，哪吒生出教壞小孩的罪惡感來了。「這是反面教材，妳千萬不要學。」

「他是不良三哥哥討厭的人？」

「極度討厭。」一提到李氏老頭，哪吒就無法控制面部表情，在芙蓉面前原形畢露了。「咦？妳怎麼知道我排行第三？」

「因為是第三個嘛！不過排行第三卻和哥哥家本身無關喔！」

「為什麼？」

「等一下才告訴你。壞人要來了！」芙蓉搖了搖哪吒的脖子，看著遠遠就發現哪吒蹤影的李天王快要來到面前，即使不用近看也能清楚的感受到李天王一身的怒氣。

「三哥哥，我們要逃嗎？」

「恐怕接下來我不能陪妳玩了。」哪吒把芙蓉放到地上，一副視死如歸的表情，不被李氏老頭訓上大半天是不可能脫身的，他失策了。

「不要！」已經認定哪吒是今天玩伴的芙蓉一臉倔強的抱住哪吒的大腿，抓著他衣服的下襬，死不放手。只見她嘴一癟，大眼睛一眨，兩泡充足的眼淚立即想掉又掉不下來似的掛在眼角，楚楚可憐得讓人心痛死了。

這是變臉，是比法術更厲害的變臉之技！

哪吒震驚的看著芙蓉說哭就哭的本事，原來女孩子還有這一招。他蹲低身子想要哄她，但卻不知道該說些什麼。在他的人生中，從來沒有和這麼小的女孩共同相處超過一刻鐘的經驗。

不過，正在裝哭的小女孩卻不如哪吒想的那樣單純。她裝得很害怕似的往哪吒身上縮，一雙像是小鹿般驚慌的大眼睛可憐兮兮的瞅著李天王，所有人順著她的視線看，百分之一百會認為是李天王把人弄哭的。

李天王明顯也不知道要怎樣哄小女孩。聽著可憐的抽泣聲，旁觀者紛紛用責備的眼神看向李天王，而在外人看不見的角落，芙蓉的小手使勁的拉了拉哪吒的衣襟，哪吒也不是個笨蛋，人家芙蓉都已經做好一場大戲，不配合太浪費了。

一把抱起女孩裝作哄了哄，哪吒借勢把芙蓉帶離危險人物狂奔去了。

「虧妳想得出這樣的方法。」一大一小來到李天王看不到、聽不見的距離後，哪吒忍不住把自己該在天宮維持的形象拋棄，哈哈大笑起來。

「我很有急智對不對？」芙蓉一臉獻寶的呵呵笑著，剛才在李天王面前擺出來的眼淚和苦瓜臉已經收了起來。

不過，芙蓉預想中的讚賞並沒有來，哪吒雖然伸手搓了搓她的頭，收回手後卻是擺出一張認真的臉，要芙蓉站定在他的前面，明明是個不良青年的外型偏偏又像個老媽子般扠起腰開始訓小孩。

「小孩子不學乖，作弄大人可不行呀！」

芙蓉嘟了嘟嘴，別開了眼睛。

這種反應哪吒有印象，是小孩子做了虧心事時的反應。而且從他個人經驗中得知，這小丫頭絕對不只是做了場戲這麼簡單。

「妳還做了什麼？不聽話的小孩沒得玩，說謊的話，等會兒把妳帶回西殿關起來。」

「不要！」一聽到沒得玩芙蓉就急了。「我今早見過那個叔叔，他凶巴巴的盯著我看，所以那時候我在他的茶裡加了點東西。」

「加料？」哪吒心想那個老頭不會真的被這樣一個小孩放倒吧？

「時間也差不多吧？無色無味無臭，效果比巴豆要好，發作之後大概上茅廁蹲兩、三個時辰就好。」

「妳是個學壞了的孩子。」哪吒很想及時給芙蓉灌輸正確的觀念，可是因為太好笑了，他光是忍著大笑已經很痛苦，實在沒辦法繼續曉以大義。

「才沒有學壞！這是天尊伯伯教的。」

原來是為老不尊教壞後輩！哪吒徹底無言了。

哪吒帶著芙蓉來到庭園，沒逛一半芙蓉已經覺得沒新意，拉著哪吒霸佔了一個涼亭，很明顯錦衣玉食慣了的芙蓉說要吃點心。

這個要求令哪吒感到有些為難，庭園周遭範圍內想找個路過的女仙和仙童都沒有，又不能把芙蓉一個人扔下，這種事情如果要用到傳音法術也太誇張了。哪吒很坦白的跟芙蓉說了現在的問題，要她跟著自己走回去找吃的，但芙蓉卻仍在椅上踢著小腳。

「因為時間關係我準備了這個。」芙蓉坐在石椅上獻寶般的摸出一支銀笛，她使勁的一吹，一道像是仙鳥啼叫的聲音響起，庭園中的小仙鳥們紛紛飛了起來，但是這些體型細小的仙鳥並不是芙蓉呼喚的對象。

竹笛聲剛過不久，一隻尺寸不小的鳥影從宮殿外疾飛而來，本以為是什麼猛禽來襲，但當哪吒看清楚那隻大鳥的真正身分時，他生出拿火尖槍把對方擊落的衝動。

「芙蓉，妳什麼時候認識這怪東西的？」

「今天早上嘛！聽說玉皇安排陪我玩的人還沒來，所以就讓雷震子大哥先陪我，剛才他說去找好吃的仙果回來，這銀笛也是雷震子大哥給我的喔！」

原來一切都是自己的錯！哪吒覺得有生以來今次的打擊也算是排行前三的了，就因為他早上蹺了班，害無知的芙蓉誤交損友了！

張狂哈哈大笑著的仙人閃閃生輝的降落在庭園之中，一看到哪吒這位老朋友，雷震子就自來熟的湊上去，言談之間不知道是他神經太粗還是故意針對哪吒最在意的幾點，結果雷震子才邊說邊把剛帶回來的仙果放下後，就一擊被哪吒打飛了出去。

臉上有刺青圖騰的不良青年和言行不正經的問題青年，就這樣在芙蓉的面前打了起來。芙蓉抱著新鮮摘回來的仙果一邊吃一邊看，好像已經看習慣這種突如其來的場面般，十分享受做觀眾。

「妳一個人在看戲，不寂寞嗎？」

突然一個陌生的聲音在身後不遠處響起，嚇了一跳的小女孩驚慌的轉過頭。

「來喝茶！」

互相廝殺完的兩人一個板著臉、一個變成了豬八戒模樣的結伴回到涼亭，看了一場好戲的芙蓉連忙遞上兩個茶杯，動作有點笨拙的給他們添了還暖熱的茶。

「哪來的茶呀？」雷震子雖然這樣問，但還是一口氣就把茶乾了。

「這茶香……還有茶具……」哪吒拿著杯子湊近嘴邊，那獨特的清香讓他皺起了眉。跟在天尊身邊的芙蓉拿得出高級的茶葉不奇怪，但泡茶的手藝卻不是她一個小女仙能有的。

剛才有什麼人來過吧？對方能出入天宮、還來到這麼近都沒讓他們察覺，可見身分不簡單，既然對方之前沒表明身分，哪吒認為不要追根究柢比較好。

「三哥哥，魂來囉！」芙蓉湊到哪吒的面前搖了搖手，把他忙於思考是誰來過的思緒拉了回來，然後又把一個仙果塞到哪吒手上。

禮尚往來的在未吃的仙果堆中拿了一個回塞給芙蓉後，哪吒終於記得剛才有個話題被李氏老頭的登場打斷了。他問道：「對了！為什麼妳懂得喚我三哥哥，但又說和我家沒關係？還有，為什麼我是三哥哥而這傢伙是大哥？」

「因為不良哥哥是第三個嘛！而雷震子大哥嘛……天尊伯伯說出去看見年紀比自己大的都喊一聲大哥，老些的喊叔叔伯伯就會有點心吃了。」

就是有人為老不尊！有點心吃是怎麼回事！怪叔叔嗎？

哪吒再一次無言，但很快又回到正題：「不良這個形容詞實在……」

「是雷震子大哥教我的。」童言無忌是小孩子仰仗的最大武器，芙蓉一秒不到就把雷震子出賣了，沒給嫌犯半點時間收買證人。

「你這混帳！」哪吒立即怒了，兩道凶光從他眼睛射出，準備就緒的拳頭發出卡啦卡啦的聲音，只要雷震子落入他的攻擊範圍一定會被痛揍。

「別打了！」臉已經被打腫了的雷震子很沒種的躲到芙蓉身後。

芙蓉咯咯笑著，一邊從百寶袋中摸了一本包裝很童趣的畫本，翻了幾頁後把畫本轉了方向推到哪吒的面前。「這個是大哥哥，而這是二哥哥，哪吒三哥哥也是同類，所以排第三個。」

哪吒看著芙蓉從百寶袋中摸出來的畫本，上面的人像丹青絕不是出自女孩之手，但天尊們應該也沒有這種閒情逸緻給美青年們畫丹青吧？

他接過畫本掀著看，除了芙蓉特別為他指出的兩張青年丹青外全是一些花草樹木的繪圖，圖畫得很仔細，也有很清楚詳細的說明，感覺這是一本珍貴靈仙草的指南圖鑑一樣。這樣的畫本混了兩張丹青就太奇怪了，還是說這個小丫頭年紀小小的，已經有收集美青年丹青的愛好？

「他們是什麼人？」哪吒在仙界待了很久，自問人面也廣，但這兩個美青年他實在沒多少印象，似乎不是天宮的人。

「他們是玉虛宮的仙人喔！大哥哥是九霄赤靈參，二哥哥是水生玉靈芝。」芙蓉甜笑著解釋她現在最喜歡的哥哥們，沒有留意到低頭看著圖鑑的哪吒一臉的複雜。

原來她是以植物化形來給他排行的呀！

一秒、兩秒、到第三秒的時候，雷震子爆笑了起來，然後下場就是被哪吒用必殺技轟成了天邊的流星。

把多餘的損友打飛之後，哪吒哭笑不得的坐回原位。芙蓉還愣愣的看著雷震子被轟飛的方向，這已經超出打鬧的暴力畫面讓她吃驚，再看著一臉沒事人般坐回來的哪吒，她有點不知所措。

「如果我是這樣排第三的話，那妳回去後要給我加上畫像了。」哪吒說完又覺得有些鬱悶，看排在前面那兩個的來頭多大，而他要標示什麼？食用植物嗎？

「嗯！一定！」

聽芙蓉答得肯定，哪吒可以肯定這女娃是真的有收集美青年丹青的傾向了！但面對她天真無邪的笑臉，哪吒覺得自己有些明白這兩個素未謀面的仙人的心情，根本沒辦法對她說出一聲不吧？

即使把自己的丹青混在靈草圖鑑畫本，或是以蓮藕重生的身體贏得排行第三的寶座一事太可笑也都無所謂了，因為……

有個可愛的妹妹比較重要！

「還有剛才請我喝茶的那個漂亮的大哥，如果大哥哥也畫得出來就好了。」

「漂亮的大哥？」她指的是剛才無聲無息來過、又離開的人吧？芙蓉主動提起的話，哪吒也有點好奇對方的正體了。

「是呀！雪白色的頭髮長長的，還有一雙很好看的紫藍色眼睛喔！」

「什……什麼？」雪色長髮紫藍色眼睛，仙界還有另外一個人同時有這種特徵的嗎？哪吒覺得肩上又多了幾分無形的壓力，剛才他和雷震子的打鬧完完全全落入那位的眼底了。

「那位大哥的茶好好喝，玉虛宮的茶都沒那麼好喝呢！三哥哥你之前有喝過這樣的茶嗎？」

「沒有。」不可能有吧！誰有膽去跟那位討茶喝？哪吒遲疑著要不要告訴芙蓉那人的真正身分，但說了出來會不會嚇到她？

「噢！真想再喝喝看呢！」芙蓉掂了掂茶壺的重量，裡面剩下的茶水不多了。

「好東西正因為不是時常有，才會令人覺得珍貴和難得的。」一有機會，哪吒就忍不住提醒芙蓉怎樣做個好孩子，芙蓉也很聽話的點頭。

代替獎勵，最後一杯茶就當成獎勵倒進了她的杯子。

芙蓉一臉不捨的一口一口喝著那最後的茶，哪吒看著這畫面不禁心想，剛才東王公一定有被芙蓉喚一聲大哥吧？不知道他當時有什麼感覺呢？

番外一《我的妹妹真的好可愛》完

番外二

仲秋

一名臂上掛著朦朧輕紗，身段婉約動人的宮裝女子抱著一隻純白兔子，倚著宮殿的門廊看著漫天星河，可惜出口的卻是一聲聲的輕嘆。

她的嘆息來源無疑來自身後几案上的一疊疊拜帖。每年到了仲秋，天宮也好，蓬萊或是崑崙也罷，這些有身分的仙人們都會送上帖子給她，美其名是一年不見甚感掛念，但說白了還不是繞個圈子說要來賞月串門子。

她真的不明白，他們標榜的名目是賞月，那應該到仙界名山上看月亮才對，全跑她的廣寒宮來做什麼?站在月亮上看月亮有什麼好看?

不過，雖然人多了些難免叨嘮煩人，但人稱嫦娥的太陰星君心底知道那都是仙友們的好意。她長留廣寒宮，個性愛靜怕吵，平日甚少在崑崙的宴席上露面，那些老相識的仙人們也只好值著仲秋賞月的名目來探望她，替她慶生。這番好意讓她個性再冷淡也會感到心頭一暖，反正是一年一次的熱鬧，太陰星君也不怕嘈吵個一天。

不過，伴隨著宴席可能會發生的事卻讓她不時會煩惱一下。

近幾年廣寒宮的仲秋宴席上多了一位討喜的小客人，太陰星君對那女娃甚是喜愛，每年都會備下女娃最喜歡的甜點，特別是那甜薯做的糕餅，看那大眼睛的女娃吃得一口一香的樣子，星君心裡

也覺得高興。

只是隨著女娃多了出來走動的機會，崑崙處於筆頭女仙位置的九天玄女就越是愛找她碴，她們兩人一見面就像是貓捉老鼠的勢頭，偏偏九天玄女那種硬個性也不會看場合，每次在席上都盯著女娃來管，換了是星君自己怕也受不了。

太陰星君是個獨來獨往的人，被人指著鼻子管也令她感到不快，不然她大可待在崑崙，何必貪靜的長居廣寒宮。

轉過身，頭上垂下的珠翠發出清脆的聲響，太陰星君蓮步輕移的回到廣寒宮的主殿，細看那些準備給一眾賓客的坐席。

「記得了，把玄女和小娃娃的坐席給我有多遠隔多遠。」

廣寒宮的女仙們一一應是，但她們納悶隔遠了又有何用？九天玄女要找碴，難道就是幾個位子的距離可以緩解的嗎？

吩咐完後，星君也沒太在意宴會的事，一個人回到院子看著一片盛放的桂樹林，手上撫著如雪團般的白兔子，乘著涼風這才是最寫意的。在外人眼中，太陰星君這樣的生活簡直和遲暮老人無異，不免有些浪費了她國色天香的美貌。

看著漫天的星河，太陰星君習慣性的發著呆，根本沒注意到仲秋夜宴舉行的時間已經來臨。

「妳還是老樣子，客人都快要把妳的廣寒宮門檻踩破了，妳這主人家怎麼還待在這裡？」

「東君，很久不見了。」看到來人，太陰星君笑逐顏開的放下手上的兔子站起身，理一理裙襬後行了一個大禮。

東王公和太陰星君這一對相對的神祇雖然稱職不同，在仙界的地位也有區別，但私下他們卻是外人不知的至交。在別人以為太陰星君真的閉門不出待在廣寒宮看著星河發霉時，誰會猜到他們的書信往來從來沒有停過？

雪色長髮和九色雲霞的衣裳在月牙色的桂樹林中添加了幾分出塵，他沒有應星君之邀坐下，反而很享受在花開滿冠的樹下欣賞星河的景色。

「知道久的話，為何都不出來露面？雖然妳宮裡的這片美景的確令人留連忘返。」

「東君說話還是那麼客氣，我也只是避靜而已，崑崙應酬繁複、規矩又多，難道您認為小仙和那位玄女會處得好嗎？」星君小步移到東王公身邊，抬頭看著滿布銀河的星空。

「妳的個性不可能忍氣吞聲。」

「知我者莫若東君。既然如此，小仙何不自己討個清靜，一年熱鬧一次足矣。」太陰星君深意一笑，二人交換的笑容底下實際包含什麼訊息，恐怕只有他們兩人才知道了。

「話是如此，妳總是待在這裡等到最後才到宴會上現身，可見也太怕熱鬧了。」

「哎呀！東君此言差矣，近年那小女娃可得小仙喜愛，為了多和她玩玩，等會就得動身了。」

「難得怕吵的太陰星君也會喜歡小娃兒。」聽到星君提起小娃兒，東王公立即想到了那個大眼睛總骨碌碌在轉的小女仙，這陣子她老是往來玉虛宮和天宮之間，他也在天宮遠遠看過她幾次了。

那女孩，東王公也不得不同意的確是讓人舒心愉快的孩子，不過同時也讓人掛心得很。

「別說東君會不喜歡她，小仙敢說東君見了她一定會愛不釋手。」

「星君這麼自信？」

「恕小仙僭越，小仙和東君的個性在某方面還是挺相像的，恐怕喜好也是一樣呢？」

太陰星君舉起鵝黃袖子半掩著嘴呵呵笑著，接著屈膝福了福身，留下桂樹林給東王公享受這分寧靜，這也是每件慣例。

東王公身分貴重，要是紆尊降貴跑來廣寒宮給太陰星君賀生辰一事鬧得眾所周知，終究不妥。

一年就這麼一次，東王公會來到廣寒宮見上星君一面聊聊天，待星君去應酬時，他就待在桂樹林中靜靜。

這裡既沒閒雜人等，而仲秋的桂樹林也是廣寒宮有名的美景，他就一個人擺了棋盤、布了茶席賞景，既沒有布棋子也沒有去動仍然空無一物的茶壺，只是聽著從遠處傳來的絲竹聲。

東王公沒有細數時間到底過了多久，或許是太陰星君離去未有一刻，還是已經大半時辰？東王公只聽到廣寒宮大殿的方向傳來一些混亂的聲響，未幾桂樹林就來個不速之客。

一個看來十歲不到的丫頭癟著嘴，大眼睛要哭不哭的帶著不忿，粉嫩顏色的衣裳穿在身上非常討喜，只是她雙手抱著的一大籮農作物著實礙眼了些。

女孩來到樹林，有些愕然的看著沒有預計會看到的人，她想行禮，但手上抱著東西動作笨笨的，好不容易屈下了膝，可手上籃子裡的東西全滾出來了。

「妳帶這些東西是打算做什麼？」

手指一動，掉到地上的東西回到原位，而那一籃子的甜薯也脫離女孩的掌控落在東王公面前。

他輕輕的招手，女孩有些緊張，但仍是乖巧的走近他身邊。

一大一小看著一籃子的甜薯，東王公掂量著這分量，一個小女孩吃太勉強了，而且剛才她那委屈的樣子實在無法忽視。

「這是送給星君的壽禮，人家親手種的，但玄女卻說丟人。」

「所以妳抱著它們來樹林做什麼？」

「烤了它們，我要證明給玄女看，人家種的甜薯很棒的。星君說來這邊悄悄的烤，沒有人會打擾我……」說到話尾，女孩有些尷尬的看向東王公。她說這裡沒人打擾她，不就是說這位大人物現在礙她辦事了？

「妳隨便烤沒關係。」東王公微微一笑。星君這樣做也太明顯了，廣寒宮這麼大哪裡不好，她卻把人慫恿來這裡？

「真的？」女孩仍是不放心，眼睛看向棋盤和茶杯，自己在這裡烤甜薯實在太擾人了吧？

「無妨。」

「喔……」人家都再次這樣說了，女孩就不客氣的捲起袖子，從百寶袋中摸出一個寶貝級別的小鏟子，便開始在樹林中挖洞了。

看小女孩挖了好些時間，可地洞仍不見深，東王公不禁失笑一問：「妳不用法術？」

「禮物總是親手完成才好。」女孩的衣服上沾了泥巴，但仍是一臉認真。

「那妳不找我幫忙嗎？」

「咦？可以嗎？」

女孩驚喜的抬頭，一雙眼睛閃閃發亮，一看就知道她想很久了只是不敢開口。

「妳問問看？」

「這個……」

「妳親口問的，也算作親力親為之一吧？」

「真的？」

「我說了算。」

「那……您……您可以幫我忙把洞挖深一點嗎？」

眼看著小女孩有些傻呼呼又不好意思的問，東王公嘴邊的笑意無法再掩飾下去，他站起身走到女孩挖出來的泥洞邊，動動手指，洞就變大了一倍不止，一籮甜薯放進去綽綽有餘。

「接下來妳要找些枯葉。」

放眼看去，這桂樹林裡花開正茂，哪裡能找來枯葉？

這回，女孩懂得主動開口問了。

「那……可以一起找嗎？」

東王公輕輕頷首。

在廣寒宮大殿內賓客不知道的樹林角落，仙界三大巨頭之一的東王公竟然陪著一個小女仙四處撿樹葉，傳出去恐怕根本不會有人相信。

看著輕煙淡淡的從樹林中升起，太陰星君從宮殿看過去，嘴邊不禁勾起一抹醉人心情的笑，她就說東王公不可能不喜愛那討人歡喜的女娃兒的。

這年仲秋，她把桂樹林讓出來給女娃烤薯也算是值得了。

番外二《仲秋》完

敬請期待更精彩的《芙蓉仙傳第二部02》

星作者竹某人+
超可愛畫風繪者MO子
手出擊!!
芙蓉仙傳
01. 芙蓉仙傳之
打工女仙我最大！
02. 芙蓉仙傳之
保鑣女仙我最威！
03. 芙蓉仙傳之
她是天地精華所生的仙子，備受眾神寵愛，
然而……有沒有哪個仙人的興趣是炸丹爐的啊？！
於是，為了償還自己日積月累破壞公物的「債務」，
她得下凡去幫助凡人渡劫……
——這是歷練，更是還債大挑戰！
購書請洽：全省金石堂門市、誠品等一般書店，或至新絲路網路書店、博客來網路書店、金石堂網路書店訂
★更多詳細內容請搜尋★
不思議工作室_
立即搜尋
典藏閣
采舍國際
www.silkbook.com
版權所有© Copyright 2012

不思議驚笑2014年．帝柳最新力作——
暮光下的黑寡婦——
勾魂筆記本
一個想找回自己失落一年記憶的拖稿作家，
一個擁有刑警魂、撒鹽不手軟的助理編輯，
一個出版業界都推之為大神的超級編輯……
三大男人聯手，是否能破解勾魂冊的預知死亡之謎？
不過，解謎之前，你們得先逃脫大黑蜘蛛的追殺喲！啾咪～
典藏閣
華文聯合出版平台
www.book4u.com.tw
采舍國際
www.silkbook.com
不思議工作室_
立即搜尋
版權所有© Copyright 2014

飛小說系列089

芙蓉仙傳之尋寶女仙我最行！

出版者■典藏閣
作　者■竹某人　繪　者■Mo子
總編輯■歐綾纖
製作團隊■不思議工作室
郵撥帳號■50017206 采舍國際有限公司（郵撥購買，請另付一成郵資）
台灣出版中心■新北市中和區中山路2段366巷10號10樓
電　話■(02) 2248-7896　傳　真■(02) 2248-7758
物流中心■新北市中和區中山路2段366巷10號3樓
電　話■(02) 8245-8786　傳　真■(02) 8245-8718
ISBN■978-986-271-430-0
出版日期■2014年2月

全球華文國際市場總代理／采舍國際
地　址■新北市中和區中山路2段366巷10號3樓
電　話■(02) 8245-8786　傳　真■(02) 8245-8718

新絲路網路書店
地　址■新北市中和區中山路2段366巷10號10樓
網　址■www.silkbook.com
電　話■(02) 8245-9896
傳　真■(02) 8245-8819

☞您在什麼地方購買本書？☜

1. 便利商店（________市／縣）：□7-11　□全家　□萊爾富　□其他________

2. 網路書店：□新絲路　□博客來　□金石堂　□其他________

3. 書店（________市／縣）：□金石堂　□誠品　□安利美特animate　□其他________

姓名：________ 地址：________________

聯絡電話：________ 電子郵箱：________________

您的性別：□男　□女　　您的生日：西元________年________月________日

（請務必填妥基本資料，以利贈品寄送）

您的職業：□上班族　□學生　□服務業　□軍警公教　□資訊業　□娛樂相關產業　□自由業　□其他________

您的學歷：□高中（含高中以下）　□專科、大學　□研究所以上

☞購買前☜

您從何處得知本書：□逛書店　□網路廣告（網站：________）　□親友介紹

（可複選）　□出版書訊　□銷售人員推薦　□其他________

本書吸引您的原因：□書名很好　□封面精美　□書腰文字　□封底文字　□欣賞作家

（可複選）　□喜歡畫家　□價格合理　□題材有趣　□廣告印象深刻

□其他________

☞購買後☜

您滿意的部份：□書名　□封面　□故事內容　□版面編排　□價格　□贈品

（可複選）　□其他

不滿意的部份：□書名　□封面　□故事內容　□版面編排　□價格　□贈品

（可複選）　□其他

您對本書以及典藏閣的建議________________

____

____

✌未來您是否願意收到相關書訊？□是　□否

✍感謝您寶貴的意見✍

印刷品

$3.5
請貼
3.5元
郵票
不思議信箱
FUSIGI POST

235 新北市中和區中山路二段366巷10號10樓

華文網出版集團 收

（典藏閣－不思議工作室）

芙蓉仙傳 尋寶女仙我最行!!

竹某人◎著 MO子◎繪